換個夫君就好命 上

風文創 1056

若凌 著

目錄

序文

若凌

而立之年，突然某天有一種後悔的感覺，並非是現在的生活不幸福或者遇到什麼難以跨越的障礙，只是常常會想，如果能夠回到某個時候，也許這樣選擇會推翻現在的生活方式；如果能夠再有一次機會，我一定不會如何如何……

實際上，在周圍的人眼中，我目前的人生也算得上順遂，唯一最後悔的事情就是大學時只顧著玩耍、打遊戲、追劇、看小說，倒是沒有什麼出格的事情，卻也沒有真正思考過自己的人生，之後隨著生活的軌跡走下來，也是渾渾噩噩地沒有什麼打算。

自認沒有什麼夢想也對生活要求不高的人，然而就在某一天，像是頓悟一般，想要用文字來改變自己現在的心態，甚至想要為自己描繪一個個短暫的夢境。

於是拿起筆，構思了《換個夫君就好命》這個故事。

世界上本來就沒有那麼多的非黑即白，也並不是所有的真心都能夠得到善待，生活中沒有那麼多的盡如人意，需要人的選擇和解決問題的能力，因此我希望筆下的主角能夠以讓自己最快活的想法活下去，也能在獲得善待的時候給予相應的回報。

如果人人都有機會重回某些時候，是不是會選擇不一樣的人生？一個選擇的改變是不是就會翻轉整個人生軌跡？我想我不能保證，只是盡力讓自己筆下的主角有這樣一份寶貴的機會，在改變中解開自己的心結，釋然也好，報仇也罷，只要能夠獲得快樂就好。

故事是虛構的，但是希望已經有遺憾的你，能夠透過自我調整獲得繼續往下走的勇氣，勇於改變自己的生活狀態；還處在漫無目的狀態的你，能夠早點找到自己最喜歡做的事情，開始為之奮鬥；尚在原地踏步的你，能夠認識到提升自我的重要性，在一方天地勇於突破自己，相信你會感謝現在的自己。

故事不長，生活卻很長。

故事跌宕，生活也起伏。

找尋最佳的生活狀態，然後像我們的主角一樣都有個happyending，祝福親愛又陌生的你們！

第一章

大雍宣帝十七年，五月。

這個季節的天氣，本就最讓人舒爽，草是清的香，樹葉是嫩的翠，花朵是盛的豔。即便如此良辰美景，注定也有人無法體會其中的美好。

此刻孟府中，新科狀元孟修言的寡母正抱著他悲聲哭泣。

「修言，真是委屈我兒了！娘也沒想到那阮家這麼得理不饒人，咄咄逼人！就因為咱們家收留楚兒，給楚兒一個名分？今日灤兒若是不同意楚兒的事，娘就親自去求她，總不能讓你姨父、姨母在九泉之下還要操心唯一的女兒。」

孟母哭得涕泗橫流，手中捏著帕子頻頻拭淚，身體輕微地抽動。

除了出於本身的激動，也因為孟修言是她最引以為傲的兒子，年紀輕輕就考上狀元，未來一片光明，眼下卻要眾目睽睽去未來岳家請罪，讓她覺得十分屈辱。

想起整件事她就在心裡暗恨，全無當初訂了一個高門媳婦的得意。

「娘，莫要哭了，都是兒子不孝，還要您老人家為了兒子傷神，兒子此去會好好和阮家商談，娘放心就是。」

孟修言眼下青黑，他也是沒想到，因為納妾竟然讓事情發展到這個地步，他有些後悔聽母親的話，可是也不能表現出來，眼下他是真的有點慌了，也不知道現在英國公府的態度是什麼樣子，他是真的捨不得失去這門親事。

不說這是他父親用生命為自己換來的機會，岳家門第對他未來仕途的幫助極大，就單說未婚妻阮瀠也是他真心愛慕的美貌佳人。

未婚妻在京中素有美名，不僅樣貌傾國傾城，性情也是溫婉大方，是京中高門最理想的媳婦人選，據說當年皇后也曾動過心思將其說給三皇子，也就是當今的璟王爺。

也怪他自己沒有考慮周全，他們的婚期就在四個月後，如果成婚後再談納妾一事，以瀠兒的善良，想來也不會反對給失去父母的表妹一個容身之處。

眼下婚前鬧出納妾，以至於京中流言四起，實在得不償失。也都是母親心急，怕高門媳婦到時候不容人，可是母親不了解瀠兒，他是知道她有多心軟，但最終還是走錯了一步。

「此事本是兒子處理得不妥，我先去阮家了。母親莫要擔憂，讓楚兒扶您回去好好梳洗！」

孟修言交代完，就讓伴在一邊的表妹，此時已經是他的良妾陳楚兒去扶人。

「表哥，此事都是楚兒不好，惹得姊姊誤會你。若是此去阮家不諒解，楚兒願意去阮府求姊姊，總不能耽誤了表哥的好姻緣……」

說到此陳楚兒已經泣不成聲，一雙楚楚可憐的大眼睛湧出顆顆淚珠，眼瞼微紅，薄唇緊抿著，那柔弱可憐的樣子讓孟修言也生不出怪她的心思。

「表妹不要這樣，放心吧！瀠兒善良心軟，知道我們的苦衷一定會諒解的，妳就好生在家陪我娘，莫要再說那樣的話了。」

勸慰完家裡哭得不可自抑的兩個女人，孟修言急匆匆地乘馬車趕往阮府，今日他是去負荊請罪，萬不能耽誤了時辰。

此時的阮瀠正坐在梳妝鏡前，一臉怔然。

她沒有想到還能見到活生生的丫鬟暖裯和香衾，還有鏡中身著瑩白素錦對襟襦裙、臉上簡單撲粉卻姝色照人的自己。

凝視著銅鏡中平滑的面孔，她只覺得一陣恍惚。

前世從右眼角貫穿整個右臉的猙獰傷疤，二十五歲就早生的銀絲都不復存在，彷彿自己前世所經歷的就是一場噩夢。

不過阮瀠很清楚，那些不是夢，是刻在骨子裡的仇恨，還有對一個人深沈的愛戀。

本還遺憾著為何命運弄人，在經歷人生重大變故之後，才遇到真正想要陪伴一生的人，不過彼時自己連活著都是一種奢望了。

沒想到一睜眼竟然回到了九年前──孟修言初納了陳楚兒，滿城風雨中來阮家負荊請罪的日子。

回到一切悲劇開始的時候，這晨光最是惑人，就像窗外給樹葉都鍍上銀光的日頭，明媚得彷彿也要驅散她這從地獄爬上來的陰氣亡魂。

「小姐莫要發呆了，剛才劉嬤嬤已經來催過了，孟公子一會兒就過來，咱們也早早趕到前院才好。」

暖裯想著自家小姐經歷此事幾天之內瘦了一大圈，心中對孟家的做法十分痛恨，然而眼下也確實急，容不得小姐繼續坐在這裡顧影自憐。

阮瀠回過神，無論是出於什麼原因，現在確實容不得自己繼續呆坐。沒有像上一世偽裝成若無其事的樣子，她起身就要去前院。

她不要像上輩子一樣，因為怕別人笑話又怕家人擔心，去掩蓋自己蒼白的臉色，還有眼下的青黑。這輩子她就是要把自己的痛苦扒出來給別人看，雖然她的痛苦已經不是為一個渣男納妾而來的神傷。

前世她心裡劇痛卻要掩蓋自己的傷疤。

今生她心裡無波無瀾卻反而要天下人都知道自己有多「痛」。

阮瀠帶著丫鬟婆子們進了蒼梧院，大丫鬟為她掀起簾子，繞過門口的蒼松屏風，就見屋子裡已經有一群人了。

祖父，祖母，母親，二嬸，阮清，蘭姨娘……還有自己的「好」父親。

上輩子闊別已久的家人，還有仇人。

彷彿一瞬間，前世經歷的種種就像是海浪一般向她傾湧而來……

她的父親阮寧華在戰場上被孟父以命相救，自己為父報恩允婚當時家世普通卻頗有才氣的孟修言。

孟修言確實爭氣，訂婚一年就高中狀元。

沒多久陳楚兒父母雙亡，叔伯無情占據家產，她上京投奔孟家母子。

孟母張氏為了照顧好姊姊留下的女兒，替孟修言做主，納了陳楚兒為良妾——就在她這個未婚妻即將嫁入孟家之前。

彼時阮家長輩對此事十分不滿意，卻也不能因為這件事就決定退婚，畢竟與救命之恩比起來，一個男子納妾委實算不得什麼，何況陳楚兒此時的情形確實讓人同情。

包括阮瀠在內的阮家人終究接受納妾一事，四個月後阮瀠就嫁進孟府。

初嫁入孟家的時候，婆母慈愛，孟修言照顧有加，陳楚兒也很是本分。只不過孟家稱孟修言立下誓言，要為父守孝滿三年，所以兩人成親，還不能圓房。

那時候的阮瀠接受了這個說法，更何況婆母和氣，雖然有陳楚兒這個疙瘩，但是她乖覺，自己也就從未為難過她。

等到守孝期將滿，孟修言卻被外派到瀛城為知府，本應該由阮瀠跟著去，孟修言卻曉之以理、動之以情，將他最重要的母親託付給最信任的阮瀠照顧，而孟母也擔心兒子，指了最細心體貼的陳楚兒跟隨。

她依然記得孟修言當時握著自己的手，溫聲細語。

「瀠兒，為夫自然捨不得妳，可是瀛城偏遠生活艱苦，我去也是帶著重要任務，沒有精力照顧好妳，妳從小沒吃過苦，我怎麼捨得一成親就帶妳去那地方吃苦呢？妳就留在京城，離岳家還近，想家隨時能回去看看。而且我娘年紀大了，不能隨我們去，妳賢慧溫良，娘最是喜歡妳，有妳陪在身邊她肯定更歡喜一些，我也能夠更放心在外面打拚。我知道自己出身不如妳，我想要靠自己的能力為妳掙一份榮光回來……」

那時候的阮瀠感動極了，極力保證自己會照顧好家裡和婆母，讓他放心，也感謝他的良苦用心。

而確實，孟家委實用心良苦。

就這樣孟修言帶著小表妹去上任，阮瀠就在京城照顧婆母。

事情就是那時候悄悄地起了變化，孟母逐漸變得苛責，時時要立規矩，處處要她親力親為伺候，全然不見以往的慈愛模樣，說出來的話也像刀子一般刻薄。她長於祖父母這些長輩的偏寵中，什麼時候有過這種體會，可張氏是婆婆，孝為大，她除了無人時自己哭泣，也沒什麼人可以傾訴，只盼著孟修言早日歸來。

至於回娘家，那更是難上加難，孟母有無數理由阻止不說，就算回去，她也會派最得力的賈嬤嬤一步不落地陪同。她從娘家回來就會更加被苛刻對待。

只有幾種狀況除外：孟母需要她的銀子來平衡府內支出；孟母用她的銀子寄錢給孟修言的時候；孟母用她的嫁妝去接濟她娘家的時候……

那兩年多，阮瀠儼然從一個嬌小姐變成一個受氣包，還有錢袋子。

好不容易得到孟修言要回京的消息，她以為自己終於熬出頭的時候，陳楚兒卻帶著七個月的身孕先回京，此後，她就成了這對婦人的眼中釘。

此時娘家也因為阮謙的愚蠢而遭逢大禍，家族風雨飄搖之際，祖父去世，自己那個偏心的渣爹帶著愛妾、庶子跑了，拋下整個家族不顧。

孟母、陳楚兒終於不再收斂，不僅說出這兩年多來對她暗中下慢性毒藥，還劃花她的臉，將灌下啞藥奄奄一息的她扔到郊外，忠心的香衾和暖裯也被這對毒婦給害了。

她活下去的希望一點一點地在她的眼前破滅，她的家，她摯愛的親人……

就是在那個時候，那個男人把她撿了回去。

那個因戰而殘了雙腿、京中盛傳性情大變的璟王爺，彼時也剛剛坐著輪椅重回大眾眼前。

他著人細心醫治她，然後待她傷好了，她就留在他身邊伺候。

彼時家破人亡、毀容聲啞的阮瀠變成璟王爺身邊的阿默。

她記得他在書房讀書時認真專注的樣子，也記得他腿傷發作時強忍痛楚的模樣，她伴著他破除陰謀詭計，陪著他一步步奪得政權，成為權傾朝野的攝政王。她也藉著他的手，解決了狼心狗肺的孟家。

她以為身有殘疾的璟王爺祁辰逸，因為兩人同病相憐而對她特別好，不過那不重要，她依然願意沒有名分和他在一起，只要他不嫌棄，她甚至想為他孕育一個孩子。

可是她還沒有告訴他這個好消息就突遇刺殺，為了幫他擋下致命一擊，她生生忍受那奪命的毒箭。

她以命來償還他的恩情和溫柔相待，只可惜她沒有機會告訴他，自己已經有了他們的孩子。

阮瀠閉眼的時候，並沒有想到這個男人會為了自己的死而瘋魔，屠盡殺手，報了血仇，然後託付了江山，再也無所蹤……

阮瀠回過神，閉了閉眼睛，自己是回來了，可是她的孩子……

一串淚不受控制地奪眶而出，然後順著臉龐一顆顆流淌至頸間。

屋內眾人本就關注阮瀠的動靜，一看她這樣子，頓時紛紛騷動起來。

庶妹阮清萁忙走來，目光盛滿擔憂，可是阮瀠還是隱隱地察覺出她的那絲幸災樂禍。

「三姊姊莫要難過了，清兒和爹爹說了，一定要好好教訓那個孟修言，不能讓姊姊白白受了這個委屈。」

要不是看清了這個庶妹的嘴臉，以及一直以來暗中給自己使絆子，她都要被這一臉關切給打動了。想到上輩子自己可是傻傻感動著，後來庶妹成親，自己可是出了不少好東西不說，被她踩著上位還為她高興呢，真是糊塗！

祖母急切地招手。「好孩子，快到祖母這裡來，再難的坎也有祖母幫著呢，別哭了。」

是呀，她終究是重生了，看著上輩子思念入骨的至親，她把剛剛那種讓她頭皮發緊的疼痛壓下去。今生一切重來，她的寶寶還有機會再得來，眼下還有更重要的事情需要處理。

「瀠兒，祖父知道妳難過，但是事情已經發生，一會兒妳有什麼想說的直說無妨，雖然我和妳祖母不主張退婚，但這確實是孟家失禮在前，咱們國公府的女兒也不能白白忍了這氣……」老國公在一邊囑咐道。

他知道自家孫女心軟的性格，趁著孟修言還沒到，他得趕緊敲打敲打這孩子，光知道哭有什麼用呢！

聽著與上輩子如出一轍的話，她依稀記得那時候的自己壓抑著情緒，依然想要做一個善良大度的人……

真是傻，妳不說，誰又在乎妳的委屈？妳不說，親人再著急又能如何？何況還有一個那樣的父親！

「孫女曉得了！」阮瀠默默地摟緊祖母的手臂。

老夫人以為她在尋求依靠，並不知道自己的孫女經歷一世苦楚，連死都不怕，怎麼會害怕應付接下來的場面？

「父親也莫要嬌慣瀠兒了，男子納妾本就尋常。現在全京城都在看著咱們家，孟修言的父親到底是兒子的救命恩人，咱們家總不能太為難人，到時候讓別人戳咱們阮家的脊梁骨……」世子阮寧華一聽自家父親的話，生怕一會兒場面不好看。

「你還有臉說，要不是你定下這門不靠譜的親事，會有眼下的事情發生？你也知道京中都看著咱們？我以為你不知道呢！」英國公一看阮寧華這個樣子就勃然大怒。

若不是他非要弄什麼替父報恩這一套，瀠兒這麼好的孩子……

「國公爺莫要生世子爺的氣，世子也是心疼咱們三小姐。只是眼下事已至此，既然咱們家也沒有想真的斷了這門親事，還是留點餘地，要不然三小姐嫁過去也要受苦的。」蘭姨娘看到英國公生氣了，趕忙出來打圓場。

一番話說得有理，語氣不急不緩，英國公雖然看不上這個心機深沈的女人，奈何兒子就是將這個女人當作摯愛。

果然看著阮寧華滿臉的贊同，英國公瞬間也沒有再說話的興致了。

阮瀠深深地望了蘭姨娘一眼，這個女人素來會偽裝，比起阮清的段數高了不知道多少，單看她平日行事作風，她也明白為何自己那個渣爹會那麼喜愛她。

蘭姨娘察覺到阮瀠的目光，對著她溫婉一笑。「三小姐莫要擔憂，即便孟家再怎麼樣，有咱們國公府的門楣，他們斷然是不敢欺辱妳。」

阮瀠明白蘭姨娘的意思，她說這番話只會徹底打消長輩心裡的矛盾，就像自己渣爹所說「納個妾而已」，總不能因此鬧得一發不可收拾。

「謝謝姨娘關愛，作為英國公府的嫡女，瀠兒著實是受不得一點欺辱。」阮瀠也柔柔地說。她知道蘭姨娘最在意自己只是個妾室，一雙兒女都是庶出。

果然蘭姨娘表面繼續維持微笑，眼底卻射出冷芒。

這邊兩人無聲的交鋒，外面阮管家來稟報。

「國公爺，老夫人，世子，世子夫人。孟公子來了，正在院外等候……」

英國公將人請過來，今日他們眾人在前院，就是為了等孟修言。

阮瀠聽說他到了，便端正地坐在祖母身邊。雖然上輩子她備受孟修言折磨，知曉他是個什麼性子，可是她並不怕他，她現在有自己的至親撐腰，不再是那個被關在荒院裡求生不得、求死不能的阮瀠了。

今生孟家加諸在她身上的，她都要一點一點地討回來……

孟修言在阮管家帶領下進了正屋。

此時孟修言不像上輩子久經官場，舉止間仍有點青澀，卻是世人常說的芝蘭玉樹、翩翩公子，「陌上人如玉，公子世無雙」大抵就是這個樣子，然而這些，只是表象罷了。

誰能想到這樣一個翩翩佳公子，竟然會是一個搖擺不定、無原則從母命的人。

更別說孟母和陳楚兒，一個有些折磨人的惡毒手段，一個表面楚楚可憐實則處處算計，嫁進這樣的人家也算是阮瀠自己上輩子倒楣透了。

屋內人此刻都把注意力投在孟修言身上，沒人注意到阮瀠一眼之間恍若將前世回憶透澈，深呼吸一口氣穩定住思緒。

孟修言躬身行禮，阮瀠察覺到他入內時不經意看她的那一眼，她覺得噁心透頂，雖然前世她已經為自己報了仇。

「在下今日前來主要還是為了負荊請罪，在下年輕，考慮事情不周，惹出現在的風波甚是慚愧，在這裡給阮家祖父、祖母，阮伯父、伯母，阮小姐請罪！」他說完行了一個大禮。

英國公作為大雍朝赫赫有名的武將，身上的氣勢本就強，此刻端坐上首一言不發，孟修言只感覺背後浮起一層薄薄的冷汗。

身旁的英國公夫人等了片刻，看自家老頭子沒有讓人起身的意思，拍了拍丈夫的手臂，示意他還是收斂點。那個蘭姨娘說的畢竟有些道理，若是真的撕破臉，受苦的還是瀠兒。

「瀠兒，妳怎麼看這事？」英國公忍住怒氣發問。他心裡想著若是孫女不能解決，他還是要出手的。

「謝謝祖父，孫女想聽聽孟公子怎麼解釋納妾一事。孟公子也知道，現下在京中傳得沸沸揚揚，孟公子當真是中了狀元就要背棄婚約？」阮瀠看似發問，實則點名孟家背棄約定。

她依稀記得上輩子的自己，正如祖父所想的那樣只會哭。

「阮姑娘，在下著實慚愧，只是表妹身世實在可憐，本來表妹也是家境殷實，父母疼愛，一夕之間姨夫、姨母因故而亡，只留下她一個女孩子如何能頂立門戶？族中叔伯也是狠心，竟然侵占了家產。表妹孤苦無依，險些被送去給人做妾，好不容易逃出來投奔母親，母親也實在不忍心她可憐的境遇……她著實柔弱，就算我們養著她，她嫁人後也不知道會遇到什麼樣的人家，所以出此下策，也就是為了給她一個避難之所罷了。」

孟修言動之以情，阮灤早知道他會是這般說詞，看著周圍家人頗為動容的表情，阮灤想起前世她也是其中一員，被陳楚兒可憐的身世引出無限同情，殊不知真正應該同情的人是傻傻的自己。

「孟公子表妹的遭遇委實可憐，但身世可憐就可以理所當然地搶別人的未婚夫？著實不是這個道理。再說，孟公子口口聲聲要給表妹一個避難之所，是意味著做有名無實的夫妾？」阮灤此時沒有上輩子的同情心，只想揭穿這個人的偽善。

「灤兒不可亂說，修言著實有苦衷，我和妳母親就是教妳這樣咄咄逼人？」沒等到孟修言反駁，阮寧華就已經在一邊訓斥起來。

阮灤裝作無措的樣子，果然祖父一個瞪視，渣爹頓時沒有聲音了。

「這……確實是在下當時沒考慮周全，母親也是看表妹實在可憐，我們若是不收留她，難以想像她還會遭遇什麼樣的事情。」孟修言解釋得頗為尷尬。

「祖父，不是孫女想追究此事，實在是孟公子在成婚前急不可耐地納妾，真的像他所說的那般不得已？是不放心我這個出身國公府的未婚妻以勢壓人，還是怕我苛待作為表妹的姑娘？姑且不說，有沒有別的辦法袒護表姑娘，我實在看不到孟家對我們阮家的尊重。」阮瀠語氣嬌柔，話卻不含糊。

「阮姑娘，對不起……」

沒等孟修言說完，阮瀠繼續道：「另外，妾室若是在我們成婚之前懷上孩子，是想要我進門就抱過來養個庶出子女嗎？這未免有些太不把我們阮家放在眼裡。」

孟修言沒想到話題怎麼會扯到庶出子女這種事情上，這還是沒影兒的事！

「是了，瀠兒說得對，你們孟府可以沒規矩，我們阮家的女兒卻不能受這種委屈！」

阮瀠一番話頓時激起祖母和母親的不滿。孟家人只想到納妾，卻沒想起庶子女的事。

孟修言頓時覺得局勢脫離自己的控制，不應該是這樣。

「不會的，我曾立誓為父親守孝，不會出現那樣的事情。」孟修言慌亂下說出自己母親的打算。

阮家眾人都很驚訝，沒想到孟修言還有那樣的誓言，阮瀠嫁過去豈不是……

不過也沒辦法指責什麼，畢竟這是純孝之舉。

此時阮瀠也不說話了，英國公再次開口。「此次事情無論是出於什麼原因，總是孟家做得不地道，我們阮家不會背信忘義，不過也要有點說法。這樣吧，也不要求你放妾，你只需要把那個妾先送到別處，等到瀠兒進門後再接回來吧！」

阮瀠知道祖父很不滿，因為前世並沒有這樣的要求，雖然眼下還退不了親，不過也算是改變一些軌跡，這樣就好了。

阮瀠雙眼無辜地看著他。「這也不用吧，孟公子即便願意，您母親可難答應，還是不能讓公子為難才是……」

孟修言頓時對阮瀠投去讚賞的目光。瀠兒果然是個善解人意的姑娘。

「你們家若是覺得為難，就將訂親信物送回來吧！」英國公聽到孫女的退讓頓時火冒三丈，撂下這句話就拂袖而去。

阮寧華頓時覺得大事不妙，怎麼把老爺子惹成這樣了？

「孟公子還是回去好好考慮吧，老身等人就不遠送了。」老夫人撂下這話也帶著女眷們離開了。

阮瀠掩住自己內心的高興，狀似哀怨的一嘆，跟著離開了。

孟修言知道今天是談判破裂了，還是趕緊回家和娘親商量先把表妹送出去，等過了這次風波再說吧！

第二章

阮瀠送祖母回正院後，大家體恤她心情不好，她就告辭回自己的院子，讓屋裡伺候的人都下去，然後起身在閨房內踱步。

雖然她接受重生的事實，剛剛確實改變了一點前世的軌跡，此時安靜下來，心裡還是感覺壓著些東西，讓她的心鈍痛不止。

此時閨房內是自己少時最喜歡的擺飾，沒有一處不精緻；博古架上精緻名貴的擺件，牆上的仕女圖，花瓶裡的芙蓉花，處處透露著那些年自己過得如何愜意自在。

家人不經意的寵愛，她到了孟家就再也沒有過自己的喜好。

慢慢走到梳妝檯，銅鏡中映出一張嬌豔的芙蓉面，瓷白的肌膚，水潤的桃花眸，還有弧度自然的翹鼻，此次一病不再紅豔卻形狀完美的唇——是了，這就是京中盛名的第一美人的臉，陳楚兒嫉妒的皮囊。

當年，美人配狀元郎，為父報恩也算是京中的一段佳話呢……

素手撫上鏡中美人的眉眼，這時候的自己真的是最美好的樣子。

抬起手的瞬間，她注意到自己手腕上的不尋常之處。

原本被鐲子遮住之處，有一顆鮮紅色不知道是痣還是什麼的印記，約小指甲大小，她清楚地記得自己身上並沒有這個印記。

她到窗前拿了塊巾子擦了擦，發現並不能擦掉，彷彿是與生俱來的。

「這是？」用手撫上那一點，好像是一個小藥臼的樣式。

眼前一花，阮瀠頓時消失在閨房裡，出現在一片陌生空間！

此處空氣清新，讓人心曠神怡。

整個空間就像她在國公府的院子大小，一畝田，一眼泉，一竹樓，要說多特別也沒有，甚至還有點荒涼，沒有她的院子花團錦簇。

最大的感覺就是在此處似乎讓人精神充沛，原本經歷這一遭，她身體裡的那點不適完全消失不說，竟然還感覺有著前所未有的活力。

田中種植許多她並不認識的植物，像是藥草。

泉水清澈，觸手竟然不涼。

她徑直去小竹樓，感覺那裡面應該有什麼東西在呼喚著自己一般。

竹樓是兩層高，一進門就讓她嘆為觀止，看似是間藥鋪，一側是書櫃，她拿起幾本來看，都是醫藥類的書籍，應該不是市面上常見的。

旁邊就像是普通的藥房一般，一匣子一匣子的草藥，標註特殊的名字。

她暫且放下書，去了二樓。二樓就是簡單房間的樣子，一床一桌一博古架……

等等！床上好像有一團小小的……

阮瀠順應自己的內心快步向前，走到床邊，就看到床上躺著一個奶娃娃。

奶娃娃此時正在熟睡，看起來不大，五官卻很精緻。她總覺得這孩子無比熟悉，可是她並不記得什麼時候見過這樣一個孩子。

奶娃娃濃密的睫毛抖動，睜開一雙清澈的大眼，然後開口直接喚了一聲。「娘親來了。」

阮瀠猶如石化一般愣在原地。

「妳叫我什麼？」阮瀠不敢置信地發問。

「娘親呀，妳就是本仙的娘親！」小娃娃從床上慢慢飄了起來。

沒錯，就是飄的……

「怎麼會呢……妳……」阮瀠雖然不想相信，可是現在一看這孩子確實五官中和了自己和那個男人的樣子，難怪剛剛會覺得熟悉。

「本仙本來是天宮中一個小小醫仙，本要下界歷練的，想著妳樣貌這樣出色，便選妳當娘親，至少出生後也是個大美人。沒想到妳竟然死得那麼快，最後還差點帶著我死掉，那我可不是白費力氣了？只好施展神通，讓時光流轉……」奶娃娃扠著腰飄在空中，大眼睛向下鄙視地看著阮瀠，很是欠揍的樣子。

「這麼說，我能重新活過來還是因為妳的緣故了？」阮瀠感覺此時情景超出她的認知。

「嗯哼，正是！因為要施法，本仙可是損失大半的修為，現在只能以這種靈魂體的形式存在！」

阮瀠相信了，不說這孩子有著和自己一模一樣的桃花眸，光自己這奇妙的重生際遇也夠讓人匪夷所思了。

然後她看著奶娃娃飄來飄去的樣子，心中充滿了愧疚，要不是因為自己，這孩子也不會淪落到現在這個樣子。

「妳不必愧疚，誰讓我選擇了妳做本仙的娘親呢！」小奶娃看到阮瀠盯著自己要哭的樣子，馬上阻止。

她和阮瀠相處了數個多月，知道阮瀠內心是十分疼愛自己這個孩子，否則也不會付出那麼大的代價，去施展時光流轉的術法。

「那寶寶，娘親要怎麼做才能讓妳恢復呢？」阮瀠聽奶娃娃這麼說，就止住眼淚，畢竟解決問題才是最重要的。

「現在暫時在我的醫藥空間裡，情況不會惡化，不過想要恢復的話，就要找到我的爹爹，然後靠我們三人的血緣之力慢慢地滋養我的魂魄，我才能慢慢恢復，以後才有機會繼續投生為你們的女兒。」小奶娃一本正經地說道。

阮瀠自從重生回來，就將祁辰逸默默地放在心底最珍貴的位置，想著先解決眼下的事情再去想以後。

說起來，當初京城的一眾名媛哪個不愛慕三皇子祁辰逸呢？他外表俊朗，器宇不凡，最重要的是他智勇雙全，是大雍百姓心中戰神一般的存在，也是朝廷上下最多人支持的皇子。

當初皇后娘娘也曾相看過她，無奈沒有什麼下文，就傳來祁辰逸被敵軍埋伏、下落不明的消息，相看的事也就不了了之，然後她就被父親許給孟修言。

後來祁辰逸被找到，卻已經殘了雙腿，雖然對朝廷做出諸多貢獻，卻也只能被封為璟王爺，與皇位再無緣。

這種情況下，別說是嫁給他為王妃，他根本對娶妻沒興趣呀，上輩子自己能夠待在他身邊，也是因為自己當時狀況著實特殊。

今生自己還能有機會嗎？她不知道。

那時候她是阿默，默默地陪在祁辰逸身邊六年多，兩個人才有了進展，眼下是一籌莫展。

「娘親？」奶娃娃疑惑。

「好，娘親會好好努力的。」阮瀠很快下定決心要攻略璟王爺，為了她的寶寶，她什麼都願意去做。

「娘親，這是我的醫藥空間，從現在開始妳就和我一起學習醫術吧！咱們一定能治好爹爹的。」

奶娃娃安排著，她可是天宮小醫仙，別說雙腿殘疾，就算再嚴重的病，她也有辦法。她自然知道爹爹是什麼樣子，前世在肚子裡聽阮瀠叨念很久了。

「真的？」阮瀠眼睛發亮，不管她對祁辰逸存著什麼心思，那樣的男子不應該經歷前世那些苦楚才是。

「那當然了，我可是小醫仙！」小奶娃臭屁地說。

「我的好寶寶，娘親真是太感謝妳了。」阮瀠突然有了別的想法。「那麼妳懂毒嗎？」

「那是當然的呀！」小奶娃驕傲地道。

「娘親還真的有事情需要妳幫忙，寶寶……」

上輩子阮瀠一直沒有給孩子取名字，這會兒才想起來不知道該如何稱呼這個孩子！

「我叫松音！」小奶娃自報家門。

「松音，真好聽。娘親可以抱抱松音嗎？」

阮瀠只感覺心中有一種情緒飽漲得要溢出來了，她不僅回到一切悲劇未開始之前，而且還找到了她的松音，即便現在松音狀況並不好，至少自己還有補償的機會。

「好吧……讓妳抱抱也不是不可以，不過我餓了。」

松音面上有點勉強，順便提出自己的小要求。

要知道她在阮瀠肚子裡，最渴望嚐一嚐人間美食了。雖然她現在只是一個靈魂體，不過這種困難是完全可以克服的。

阮瀠虛抱著觸摸起來沒有實感的松音，還沒有感動多久就被她的要求難倒了。

「妳這樣也可以吃東西？」阮瀠不自覺將自己心裡的想法問出來。

「本仙不需要長身體嗎？」松音鼓著小臉，完全沒有剛剛那種睥睨眾生的姿態，嘴裡說著本仙，實際上這時候才真正像個小孩子。

「當然需要！」阮瀠被自家新出爐的小仙子萌化了，準備出空間為松音準備小寶寶的吃食。

「娘親要怎麼出去？我去弄點吃的給妳。」阮瀠問道。

「由於我們血脈相連，我又變成了靈魂體，這個空間已經和娘親融為一體了，只要碰觸妳手臂上的藥臼印記，默唸『進出』就可以了。」松音解釋著。

聽到這番話，阮瀠心裡有點愧疚，松音為了她，不僅賠上修為，連這麼神奇的仙家寶貝都失去了。

「娘親去找吃的給松音。」掩飾住翻湧的情緒，阮瀠抬手觸碰印記就回到閨房之內。

看著外面和自己進去前沒什麼兩樣，阮瀠鬆了一口氣。她吩咐暖裯去小廚房取了溫牛奶，應該是適合奶娃娃喝的。

阮瀠還吩咐今後自己睡，丫鬟們不用守夜，就插上門閂回裡間去了。

等到進了空間，松音看到阮瀠端著牛奶。

「妳就給我喝這個，飯呢？點心呢？菜餚呢？」松音一臉被虐待的表情，這個和她對人類飲食的認知不一樣。

「妳還是個小寶寶，就是應該喝奶水呀！」阮瀠心想本來應該親自餵，奈何情況不允許。

「妳見過誰家寶寶會說話？我是靈魂體，我不需要什麼奶水，我需要飯菜、點心、果子……」松音壓抑的渴望沒有得到滿足，那種想吃的感覺讓她有點控制不住自己的小脾氣。

「松音，今天已經很晚了，小廚房也沒妳想吃的這些了，今兒妳先喝了這個牛奶，明日娘親再做好吃的給妳。」

阮瀠耐心哄著。不是她吹牛，本來大家閨秀的阮瀠不會做吃食，可是上輩子成親後她就會了，後來孟母還很喜歡吃她親手做的飯！

這輩子能為自己最心愛的寶貝做飯，她沒有一點怨言，反而慶幸自己的廚藝還不錯。

這邊阮府裡的母女為了點吃食爭論的時候，那邊孟府裡的母子更是沒有什麼好氣氛。

孟母正在她的房中哭泣，孟修言站在一邊，臉上掛著無措。自從父親死後，他是拿自己這個娘親是一點辦法都沒有。

「你說說，阮家也太蠻橫霸道了些。楚兒身世這麼可憐，要不是咱們母子收留，早被她那可惡的叔伯們扒下一層皮去，還不知道要怎樣水深火熱，難道要我們母子眼睜睜看著不管嗎？只不過是做個妾室，能礙著出身高貴的大小姐什麼？就這麼容不得，非要把人趕出去？你讓楚兒這麼一個柔弱的女孩子怎麼過活？」

孟母一邊抽泣著，一邊數落著。

「你姨母在世的時候對咱們家也是有恩的，你表妹要不是父母雙亡、叔伯無依，以她的人品樣貌，做一個好人家的正頭娘子是綽綽有餘，何至於讓你就這麼狠心送到外頭去。你讓人家怎麼看？養外室嗎？」

「娘，您也知道送表妹出去是暫時的，要不您要兒子怎麼辦？難道要和阮家退婚嗎？」孟修言聽到母親這麼說也很無奈。

阮家就算是以勢壓人又能怎麼辦，他總不能因此就退婚吧？

「退婚？他們阮家能丟得起那個臉面？你別忘了，你父親是怎麼死的！他們家要是做出背信棄義的事，看京中會不會戳他們家的脊梁骨！」孟母恨恨地說。

「娘，您也知道這件事還是咱們家做得沒有理，現在外面戳的是妳兒子的脊梁骨！咱們現在住的宅子，也是阮家當初為了報恩給的，人家閨女可是皇后娘娘都讚賞的人。阮家現在就只有把表妹送出去這個要求，您要是不答應，兒子也沒有臉再去登阮家的門了。」孟修言看母親怎麼樣也說不通，便賭氣地說道。

到底是親生兒子的前程和名聲更重要，孟母只能妥協。但她還是暗暗下定決心，等阮瀠進門，絕不會讓她好過，即便出身再高貴，一個「孝」字也絕對會讓她翻不了天。

「你表妹可是受了委屈，你可要好好安撫，還有外面那處宅子務必要穩穩妥妥的。」孟母囑咐道。

「母親放心，兒子已經安排好了。」孟修言看到自家母親終於鬆口，心裡的大石終於落下了。

只要過了這一關，四個月之後阮瀠一過門，一切就都過去了，他依然還是那個人人稱羨的狀元郎。

等到他和陳楚兒說起將她暫且安置到外面的事，陳楚兒心中恨得不行。她知道阮家那一關是難過的，可是怎麼也沒想到自己就要這樣被不明不白地送出去，她好不容易才有機會跟了表哥，還想著趁阮瀠沒進門好好固寵呢！雖說有姨母偏心自己，到底不如男人心裡向著自己。

可是陳楚兒也沒有辦法出言反對，畢竟看表哥的樣子已經說動自己最大的靠山。陳楚兒只能假裝哀怨，實則心裡堵得發慌。「只要表哥能夠如願，阮家不再因為我而要求退婚，楚兒做什麼都可以。」她說著眼眶微微泛紅，又強裝作鎮定的樣子。

「表妹，表哥自知此事是妳受委屈了，妳放心，我讓人好好佈置那院子，妳就在那兒住上小半年，等到我迎娶阮瀠進門之後就會接妳回來。」孟修言溫言軟語地相勸。

「表哥，楚兒不覺得委屈，只是有一事，楚兒才來到京城不久，還沒有好好在姨母跟前盡孝，也沒有照顧好表哥，在楚兒心裡，你們就是楚兒最親的人了……嗚嗚……希望姨母和表哥常常去看楚兒，楚兒在這世上就……」說到此處，她再也忍不住心中的委屈落下淚來。

孟母看到親外甥女這個樣子也相當心疼，她將陳楚兒抱在懷裡，喊著「心肝肉」，兩人哭了起來。

孟修言在一邊左右為難，看看母親，又看看表妹，心裡也暗暗埋怨阮家這樣的要求實在太過分了，他也是有苦衷的人，為何要這樣咄咄逼人？

話雖如此，他卻也不能鬆口說不送陳楚兒走。

她們看孟修言這樣都沒有動搖，只能歇了小心思，開始為陳楚兒收拾東西。

「非要今日就送走嗎？也沒有這麼匆忙的道理。」孟母一邊發著牢騷，一邊指揮著陳楚兒的丫鬟收拾著衣服細軟。

這一年他們家的日子是越來越好了，連帶著陳楚兒也置辦了許多像樣的衣飾。眼下還是要多帶著，畢竟要住在外面那麼久呢！

「娘，阮家現在肯定在盯著咱們家呢，也不差這一天半日的，您想表妹隨時可以去看她呀！正好今日咱們要去給表妹穩居，明日兒子還要去翰林院當差呢，已經休假幾天了，總這樣可不成體統。」孟修言好言安慰著。

孟母一聽，還是兒子的事業為重，也不再多糾纏，麻利地讓人去裝車，準備送陳楚兒過去。

當天晚上，孟家母子和陳楚兒就在新買的小院子一起吃晚膳。

孟修言看表妹悶悶不樂的樣子也很愧疚，將自己買完院子所剩不多的銀兩都給了陳楚兒。

「表哥，這太多了，我這裡的銀子夠花呢！」陳楚兒推拒著。

「修言給妳就拿著，妳現在也算是他的屋裡人，本就應該他養著妳才是，本就委屈了妳，妳在這裡可要好好照顧自己。」孟母選擇性忽略院子精心的佈置，還有一看就得用的丫鬟婆子。

無論怎麼樣，就是她的外甥女委屈了，那個可惡的阮瀠欺人太甚，以後這些債她都要替楚兒討回來，沒有白白受委屈的道理。

阮瀠不是怕楚兒先生出孩子嗎？她就偏要看看，她進門來能不能夠如意，她就不信自己這個婆母治不了一個兒媳婦！

阮瀠並不知道孟母現在就已經開始有那種念頭了，不過注定是白想，阮瀠今生又怎麼會再入那個狼窩呢？

第三章

阮瀠被小松音糾纏，只能承諾明日取些點心、蔬果之類。她心裡也決定盡快置辦些廚房用品，然後弄些食材，好好餵養自家這個小丫頭。

阮瀠就和松音一起待在空間中，這個神奇的空間還可以調節時間流速，所以她們在空間裡相處將近一個月，外面才將將過了一夜。

這一個月裡大多數時間便是小松音灌輸醫藥知識給阮瀠。

阮瀠也從松音那裡得到能夠使人假孕的藥物配方，畢竟解決與孟家的婚約，還是眼前最重要的事情。

看樣子，明日還是要出去一趟。

第二日一早，阮瀠用早膳的時候偷偷藏了些點心收進空間，然後整理好就去祖母的正院，她要和家中長輩報備一下自己要出門的事。

一進門就看到母親、二嬸她們都在祖母這裡，阮清乖巧地伺候老夫人喝茶。

阮瀠心中哂笑，阮清還是如前世一般裝孝順，為的無非就是祖母的東西。

「瀠兒過來了，正好我這兒新得一對紫翡翠鐲子。紅纓去拿來給妳們三小姐戴上，她這身穿戴最適合這顏色了。」老夫人看到阮瀠今日的裝扮很是嬌嫩，淡紫色的撒花曳地長裙，襯得人氣色格外好些，趕忙讓一旁的大丫鬟將自己新得的好東西拿過來。

雖然這孩子現在的神色已經不像前日那般糟，她還是覺得委屈阮瀠了，想盡辦法地給好東西就想讓她心情好一些。

阮清在一旁嫉妒得眼睛都要紅了。她知道老夫人新得一對紫翡翠手鐲，她遠遠地看過一眼，甚是喜歡。本來若是一只，她也就不肖想了，一定是送給嫡女阮瀠。這次可是一對，老夫人怎麼就不能給自己一只？只有阮瀠是她的孫女，自己就不是嗎？

這些年阮清最嫉妒阮瀠這一點，什麼好東西都是她的，自己這個庶女即便再孝順乖巧，也只能分到些殘羹冷炙！

阮清這麼想著，紅纓就將鐲子拿過來了。

一打開來，頓時贏得滿堂喝彩。

「果然是上佳，母親就是太偏心這丫頭了。」世子夫人林氏在一旁也喜歡得愛不釋手。

「不偏心她，難道偏心妳？給妳這鐲子，妳也戴不出瀠兒的風采不是？」老夫人也喜歡這個兒媳婦孝順懂事，唯一的遺憾就是和自己兒子並沒有多深的感情，而且有時候太軟弱了，否則瀠兒不一定會攤上這親事。

「祖母對姊姊是真的好，有什麼好東西都想著姊姊。」阮清在一旁接話，雖然內心很嫉妒，可是她不能表現出來，不但不能表現，還要一起喝彩才好。

因為阮瀠是一個非常友愛的姊姊，有好東西會想到自己這個好妹妹。

不過這次阮清可能要打錯算盤了，阮瀠前世看透阮清的這些小把戲，別說是這對紫翡翠鐲子，再小的東西她都不會再給這樣一頭白眼狼了！

「是呢！祖母最好了。」阮瀠聽到阮清的話順勢撒嬌。

前世祖母就這樣愛護自己，然而她沒能盡孝，就連祖母過世，孟母都拘著自己不准回門，這是她前世一生的苦痛。

「趕緊戴上給祖母瞧瞧！」老夫人看孫女撒嬌的樣子，欣慰地笑了。

無論多珍貴的東西都不算什麼，只要孩子能高興就好。

阮瀠聽話地將手腕上的羊脂玉鐲拿下來，用手絹墊著，並換上這一對手鐲，沒有被人發現手腕處的異樣。

「三小姐的素腕配上這對鐲子真是妙極了，這樣的好東西正應該配這樣的美人兒呢！」一旁的劉嬤嬤笑著誇獎。

三小姐素來得人疼，也是她從小看著長大的，她誇得很是真心。她們家小姐，沒有什麼配不上的。

阮清嫉妒得眼睛都紅了，卻強顏歡笑，眼底是赤裸裸的嫉妒。

阮瀠自然看到阮清眼中波瀾的情緒，不過她越是這樣，自己越是高興。這個貪婪的庶妹！

阮瀠收下東西，就提出自己要出府去散散心。

老夫人她們自然高興極了，這孩子看樣子是振作起來了，便囑咐跟著的下人細心點，就讓她出去了。

等阮瀠走後，阮清就告退，去了生母蘭姨娘的梧桐院，她實在壓抑不住心中的情緒了。

「阮瀠那個賤人，平日裡最會裝，其實都是假的！」阮清此刻才表現出對阮瀠深深的妒忌和怨恨，坐在小桌前緊攥著手中的杯子。

一想起自己沒得到那只紫翡翠鐲子，她就不甘心。

「姨娘早就和妳說過，指望著她的小恩小惠，不如自己去謀算一個好前程，真有了好事，她怎麼可能都想著妳？」蘭姨娘在一旁繼續做著針線，只是偶爾抬頭看看她的傻女兒。

「說起好前程，孟家的婚事，女兒看她是退不成了。」聽蘭姨娘提起前程，阮清自然是想起這件事，現在說起來還有點幸災樂禍，全然忘了當初阮瀠訂婚時，她心中的嫉妒難耐。

孟家家世雖然一般，可是孟修言實在出眾，她一見之下也是為那人折服。而且她素來覺得家人偏心，為阮瀠準備的婚事肯定是上佳，等到孟修言中狀元之後，她的嫉妒更是爆棚了，可想而知在自家扶持下，孟修言將來的前程必定錯不了。

不過出了這件事情，呵呵……

「之前早就和妳說過，那孟修言並非良配，他那個母親一看就不是個好相與的人，果然，婚前鬧出這種事，還不是她的主意？而且孟修言顯然是個愚孝的，嫁進去這種人家……哼，未來的苦日子還在後面呢！這女子嫁人，婆婆完全決定了妳過什麼樣的日子！」

不得不說，蘭姨娘也算是看得通透，所以她可不像這個眼皮子淺的女兒一樣，看到的都是阮瀠的花團錦簇。

「嗯，姨娘說得對！」阮清一想到阮瀠今後日子並不好過就高興起來。

「姨娘，老爺來了！」外面大丫鬟喜鵲提醒著屋內的母女。

阮寧華自從差點喪命之後就回到京城，現在在戶部領著閒職，比較清閒，今日正好休沐就來看看愛妾和小女兒。

等到世子阮寧華進到屋內，看到的就是愛妾做著針線，小女兒在一邊陪著說笑的美好畫面。看母女倆這個樣子，他的疲憊都感覺一掃而空。

「老爺可用過膳了？」蘭姨娘放下針線上前服侍，阮清也圍了過來，拉著阮寧華的手撒嬌。

「這麼大了還像個小女孩一樣，這次又看上什麼東西了？」阮寧華還算是了解阮清。

「老爺別管她，她這是看老夫人給三小姐一對紫翡翠鐲子，她也很喜歡，也不想想這是三小姐的東西，她怎麼配惦記？」蘭姨娘嗔道。

她越是這麼說，阮寧華才會疼惜，畢竟人心都是偏的。

「這是什麼話！咱們清兒不是阮家的小姐？不是瀠兒的姊妹？這瀠兒也真是的，有好東西竟然不與自家姊妹分享，真是越大越沒有以往的友愛。」

阮寧華知道以前大女兒有好東西會分給小女兒，此次不只是阮清感覺到落差，他這個父親也理所當然認為應該給阮清一份。

「我這就讓阮六去傳話……」阮寧華就要讓長隨去雅芙院傳話，教育一下這個大女兒，順便把鐲子帶過來。

「老爺，三小姐這些日子心情不佳，老夫人好不容易哄得開懷了些，若是因為這點小事惹得三小姐不愉快，國公爺和老夫人怕是都會怪罪老爺的。」蘭姨娘趕緊上前阻止，表現得善解人意，話裡話外表現出老國公夫婦對阮瀠的偏愛。

阮寧華也覺得為了一只鐲子去招惹父母不好，心中卻也有氣，這次父親為了大女兒的婚事，對自己劈頭痛罵，本來自己女兒的婚事，就該他這個爹爹做主，前日自己卻一點都說不上話！

「還是妳識大體！」阮寧華拍了拍蘭姨娘的手。

「爹爹……」阮清真是急死了，本來爹爹都要為自己去要那鐲子，阮瀠肯定會給的。

蘭姨娘看著自己女兒這副眼皮子淺的樣子就來氣，也不知道自己怎麼會生出個傻子。只要讓男人覺得妳善解人意，處處忍讓，他還會讓妳受委屈？

「清兒莫惱，爹爹庫房裡還有一對翡翠手鐲，一會兒就讓人拿來給妳！」阮寧華確實覺得委屈小女兒了，趕緊提出補償方案。

阮清這邊接到蘭姨娘的眼色，知道自己糾纏沒用，也就答應下來。雖然翡翠的鐲子並沒有紫翡翠稀有，但算是難得的好東西了。

「三小姐和孟家的事……」蘭姨娘順勢提起。

「孟家小子已經另外買了一處宅子將人安置，父親也就沒有理由拒絕婚事，過幾日，我就和父親提一提，給個臺階下就完了，總不能真做背信棄義的事，否則瀠兒嫁過去也沒有好日子。」

阮寧華接過蘭姨娘遞來溫度適中的茶。這個女子素來對自己上心，又為自己孕育了兒女，善解人意、溫柔解語，也是這些年自己偏寵的原因。

「老爺果然慈愛，想來國公爺和老夫人他們能體會老爺的苦心。」蘭姨娘溫柔含笑。

阮清在這邊得到確切的消息，心中暗樂，以後有好戲看了！

京城最繁華的遠正大街人來人往，各種店鋪賓客盈門，好一番熱鬧景象。

阮瀠頭戴面紗下了轎子，同樣置身於這煙火人間。

真的是好久了，沒有這樣用放鬆的心情，去看這盛世的光景。

阮瀠讓跟著的轎夫去喝茶，帶著暖禍和香衾去逛街。

最初去雜貨鋪，讓兩個丫鬟在外面等著。阮瀠進門買了一些鍋碗瓢盆等廚房用品，又去置辦了米麵油鹽這些，付了銀錢並約定好過半個時辰，送去在遠正後街的一座小院子。

這座院子是她幾年前生辰時祖父給的，平時也沒什麼用，就一個婆子在看顧著。

買了肉類、蔬果，她想了想，還買了些蔬果的種子。

採購完這些，她就去藥鋪抓藥材。

松音的空間中雖然有很多藥材，但全都是上了年分的好藥，甚至有的她估計應該不是世間之物，配製假孕的藥材卻平常，所以她只能自己出來買。

為了不被人發現端倪，她不只買了需要的藥材，還買了許多其他藥材，同樣約定好送進小院子。然後她就帶著兩個丫鬟去逛成衣鋪、首飾店。

她記得長公主的生辰宴快要到了，也許這是今生接觸到祁辰逸的好機會。

接著再去一品齋買了祖母和母親喜歡吃的點心，都約定送貨。

因為阮瀠的母親林氏出身江南大族，嫁妝十分豐厚，她又只有阮瀠這一個女兒，所以阮瀠根本不缺銀子花。

想起前世她出嫁之後，豐厚的嫁妝養著整個孟家，卻養出那樣一家子的白眼狼，阮瀠都覺得自己當初真是傻得可憐。

她本想帶著兩個貼心的丫鬟去京城最好的酒樓吃點東西，卻見前面一群家丁在毆打一個年紀不大的男孩子。

「臭小子，小爺的錢袋也敢惦記！膽子肥了，給小爺打這個不要命的東西！」一名富家公子打扮的男子在一邊叫囂。

阮瀠原本沒有在意，就是一個小偷被抓到了，被人教訓是常有的事。

不經意地，在一個男子抬腿間，她看到了那個男孩的臉。

他臉上髒兮兮地看不清面貌，卻有著一雙黑沈沈的眸子，眼角還有一顆黑痣。

是他！

前世祁辰逸身邊得力的手下唐力，聽說早年失去母親，變得冷情，也是後來為祁辰逸所救，一直忠心耿耿為其效力，在探聽消息等方面極是出色。

阮瀠趕忙讓香衾大喊：「官府的人來了。」

富家公子聽到這話，吐了口唾沫，說著「真是晦氣」，然後帶著家丁撤了。

雖然他被偷了錢袋，也縱奴傷人了，但家中只是有錢，家世在這京中委實普通，沒必要為了這樁小事進一趟衙門。

被打的男孩沒想到會有人管這種閒事。因為與他相依為命的母親病入膏肓，急需銀錢救命，他實在沒有辦法才出來行竊，結果卻這樣被抓住了，被人打一頓也認了。

只是一想到母親的救命錢還是沒有著落，他就忍不住感到絕望。

「能站起來嗎？」阮瀠走上前，看著男孩此時露出的狼狽樣。

「多謝姑娘出手相助，原也是我……」唐力有點說不下去了，看著眼前姑娘美好的樣子，讓他有點自慚形穢。

「你可是遇到了什麼難處？看你也不是專門偷盜的宵小之輩。」阮瀠自然知道唐力眼下最大的困境是什麼，但是她總不能點破。

唐力沈默不語，在他看來眼下的困境只能靠自己解決。

「是需要銀錢嗎？我可以借給你。」阮瀠看著眼前不說話的男孩，也知道他性子就是這個樣子，所以主動說出口。

「謝謝這位姑娘，我……」唐力不習慣接受別人這樣直白的好意。

這姑娘美得像個仙女一樣，眼神澄澈。他與母親相依為命這麼久，早已經看慣了人性，自然知道這個姑娘是真的想要幫忙，可是他擔心自己該怎麼報答這位姑娘的善心。

一想到家中等著銀錢請醫治病的母親，他將自己滿腹的思緒壓下去。

幾人走到街邊，唐力似乎還在猶豫。

「我家小姐已經說了要幫你，你一個男子怎麼還磨磨蹭蹭的？」香衾自然不了解唐力的性格，在一邊催促。

「是我娘等著銀錢治病。」唐力一臉紅通通，勉強擠出這麼一句話。

在他看來自己這樣就像是向別人要錢，感覺十分羞恥。

「正好我略懂醫術，可不可以跟著你去看看大娘？你放心，看病抓藥的銀子我會借給你，正好也需要你幫我一點忙。」阮瀠輕聲說。

香衾和暖裯覺得奇怪，自家小姐是什麼時候學會醫術？不過出於做下人的本分沒有開口問。

唐力看了眼阮瀠，下定決心點點頭，領著主僕三人左彎右拐走到一個狹窄的胡同，裡面有生活十餘年的家和病弱的母親。

「姑娘這邊請，家中有點亂，請不要介意。」唐力有點侷促地說。

果然眼前的屋子著實有點破而且很雜亂，想來一個半大的孩子帶著一個病弱的母親，日子確實會過成這個樣子。

阮瀠微微一笑，沒有說什麼，跟著唐力進入屋子。

「娘，我回來了，您感覺怎麼樣？」唐力進屋就趕緊去母親床前。

「力兒回來了。」唐母慢慢睜開眼睛，看得出來她十分虛弱，彷彿這一句話就耗費好大的力氣。

「娘，這是……」唐力這才想到還沒有問這位好心的姑娘怎麼稱呼。

「我姓阮。大娘，我是醫者，來為妳看看。」阮瀠自然地走上前。

雖然她在空間裡和松音僅學習一個月，但松音畢竟曾是醫仙，教授的方法是獨門灌輸法，眼下一些普通的病症，阮瀠還是有些信心，但是特別難的病症還是需要一段時間慢慢灌輸才能夠融會貫通，今日正好是小試牛刀。

「謝謝阮姑娘。」唐母道謝，心中卻不抱什麼希望。

這些年唐母獨自帶著兒子，其中艱辛不言而喻，前些年確實辛勞，她知道自己的身子。眼看著兒子已經長大了，能夠自行照顧自己了，說實話，她沒有什麼放心不下的。

阮瀠觀面相，基本心中有數，搭上脈就已經能夠確定，詳細地望聞問切之後，開口道：「大娘主要是心疾，還有積年的老關節病，雖然比較嚴重，但並不是無藥可治。我開一張藥方，配著藥膳方子吃，幾個月就能見好，以後好好調養著，沒什麼大問題。」

唐力一聽娘親有得治，他激動得熱淚盈眶。

唐母卻很頹喪，就算有好的方子，自己這個家境，還是沒有什麼能力負擔。

阮瀠看母子倆的臉色，就知道他們心裡怎麼想的，於是擺了擺手讓唐力出來，留著兩個丫鬟在屋內幫忙照看著。

「小兄弟怎麼稱呼？」阮瀠問道。

「我叫唐力。」唐力已經從剛剛的激動情緒中醒過神來，他大概知道這個阮姑娘是要找他商量什麼事情了。

「唐力，你娘親抓藥和藥膳需要的銀錢，我可以給你，並且今後如果你願意的話，我可以給你一份能夠養活自己的活計，但是需要你幫我辦一件事情。」阮瀠開門見山道。

上輩子她和唐力接觸了幾年，知道他不僅能力出眾，而且非常可靠，所以也沒有繞彎子，直截了當地說出自己的要求。

唐力沈默地看著阮瀠。

「是這樣的，我需要你幫我促成一對男女的好事，並且需要將一些讓人假孕的藥使女方服下，只要辦成此事，你就算完成我們的約定。你可以好好考慮一下，辦這事的所有銀錢，自然也都由我出。」阮瀠說出自己的要求。

「姑娘能告訴我緣由嗎？我需要衡量下自己是不是應該這麼做。」唐力思考了一下說道。

阮瀠在心中點了點頭，看樣子唐力還是有底線的，並沒有因為她承諾會治好他母親，而不問緣由什麼都去做。

「實不相瞞，男子是我未婚夫，女子是他的妾室。未婚夫在成婚前就納了妾，我家有種種原因不能提出退婚，可是在我心中，這樣的夫家不值得託付終身，我也是沒有辦法，只能出此下策。反正那妾室也是他的女人，我這麼做也不過是早些促成好事罷了。」阮瀠將前因後果娓娓道來。

唐力一聽，心中氣憤，因為他也有相似的經歷，他與母親對外宣稱父親死了，實際上是父親有了別的女子，母親一氣之下和離了，所以他聽到阮瀠的話自然能夠理解。

「阮小姐放心，我會辦好事情。小姐可否先支一點銀錢給我？」唐力有點不好意思，母親現在的狀況實在等不得，好不容易有希望了，他不想錯過。

「當然。」阮瀠從隨身的荷包裡拿出一張五百兩的銀票。「這裡有五百兩，夠大娘半年的藥錢了。你好好辦事就行，事成之後另有酬謝。我另外的提議，你也可以好好考慮一下。」

唐力不知道這個阮小姐為何這般信任他，但也知道自己這是遇到貴人了。

然後，阮瀠開好藥方和藥膳方子，和唐力約定五日後見面，商量具體事宜，說完就帶著兩個丫鬟離開了。

第四章

離開唐力那裡，阮瀠就帶著香衾和暖裯直奔遠正後街的小院，在路上買了一點吃食準備帶到小院吃。

「小姐，妳什麼時候學會醫術的，我們怎麼都不知道呢？」這是香衾最想了解的事情，畢竟她們常伴小姐左右，真的沒看見她是怎麼學的。

「天機不可洩漏。」阮瀠微微一笑，沒有多說。反正她帶著松音準備的忘卻散，一會兒她去院子裡將今日買的東西收進空間，準備試一試那個小傢伙給的東西，是不是會像她所說的那樣，讓人忘記今日發生的事情。

等到了小院，好久沒見到主子的婆子很是熱情，因為各個店鋪的東西陸續送到，她也知道小主子會過來，早早在門口迎接。

阮瀠沒有多囉嗦，時候不早了，需要盡快回去，否則家裡人該擔心了。

進了屋內，她將買來的廚房用品、食材還有藥材收好，點心、衣服和首飾則留在外面，就給眼前三人使用忘卻散。

果然不到一刻鐘，阮瀠就知道藥效產生了，因為她問兩個丫鬟，她們也說不明白去了哪兒。

用了些吃食後，暖裯叫轎夫過來這裡接人，阮瀠就乘坐轎子回府。回府後，直接去正院，祖母看她買的衣裳、首飾別提有多高興了，讓她一一穿著展示一遍。

此時，還好阮清不在身邊，否則眼睛說不定氣紅了。

用了一品齋的點心，祖母就開始說正事。

「妳今兒不在家，不知道半個月後就是大長公主的生辰宴，往年她不願意大辦，今年卻願意熱鬧了。今兒收到的帖子，大長公主特意囑咐要妳去散散心。」老夫人拍著阮瀠的手，就怕她拒絕，可想而知，阮瀠和孟家的事，肯定會被很多人討論。

「孫女曉得了，到時候陪著祖母一起向大長公主殿下拜壽。」阮瀠明白祖母心中所想，也不解釋，笑著答應了。

大長公主是當今皇上的姑母，地位尊崇，是先帝的嫡親長姊，為人大氣正直，嫁給當年的西北將軍為妻。後來西北將軍為國捐軀，長公主回了公主府，先帝封其為仁慶大長公主，世人習慣稱呼其長公主，後來先帝的女兒都是以名諱相稱，彷彿長公主不僅僅代表的是長，還有更深層次的意義。

這位高貴的皇親與祖母交好，也是阮瀠很親近的長輩。

不過這次她更期待的是和璟王爺再次相遇。

前世她雖然已經有他的孩子，可是沒有名分，就算當時王爺身有殘疾，她也是高攀。

今生她將以最美好的姿態去與他相遇。

「今兒也累了吧？快去看看妳母親就回去休息吧！」

老夫人看著自家嬌美可人的孫女，心中止不住地暗暗嘆息，都是老大那個不靠譜的，給孫女定了那樣的人家。

不過事情已成定局，往後日子過得怎麼樣，還要看自己。

阮瀠去母親那裡之後，就以休息為由回了閨房，不讓別人打擾。

不知道松音怎麼樣了？雖然她不是真正意義上的小寶寶，但她還是很掛心。

一進空間，就看到松音整個魂魄浸在那一眼泉水之中，閉著雙眸，恍若入眠。

也許感覺到阮瀠的到來，松音睜開雙眼。

「娘親妳終於回來了，我都要餓死了！」松音嘶著嘴抱怨道。

阮瀠覺得有點無語，她實在不了解一個靈魂體是不是真的能夠感覺到餓。

「今早的點心倒是還不錯……」松音用那雙大眼睛盯著阮瀠。

看樣子她是把時間流速調整成和外面一致了。

阮瀠讓松音把時間流速改一下，她打算多在空間裡待一段時間，好好學習醫術。半個月後她可能就要見到王爺了，這次她必須有把握一些才行。

阮瀠想起之前去一品齋也準備了些糕點給松音，就去竹樓二樓的櫃子裡取。她在外頭收進來的東西，都會出現在那個櫃子中。

之後阮瀠就觀摩到松音是如何吃東西，雖然是靈魂體，她卻像個真正的人一樣，把東西吸入嘴中咀嚼然後嚥下。

「這點心的味道比早上吃的要好上許多，早上的太寡淡了。」小松音吃了一盒點心才停口。

「妳不會感覺到撐嗎？那麼多點心。」剛剛阮瀠在一邊看著都沒有來得及阻止。

「不會，我是靈魂體根本沒有餓和飽的感覺，多少東西我都能吃下去……」

阮瀠頓時覺得頭大。

「娘親一會兒做點好吃的給妳，妳先用空間裡的土起個爐灶吧！」阮瀠開始指揮松音用術法起爐灶。

她在一旁將買來的肉和青菜都洗乾淨，一人一飄還討論起自己種菜的可能性。

得知空間裡的土壤能夠加速植物生長，更是讓阮瀠驚嘆，松音這個空間真是個寶貝！

松音雖然術法沒問題，但她無法理解爐灶的構造，弄了半天總有些不對勁。

「啊啊啊，好麻煩，你們人間的東西怎麼設計得這麼彆扭！」小阿飄暴走中。

「娘親，妳確定妳畫的圖沒問題嗎？這怎麼弄呀！」小奶娃碎碎唸。

最後靠著對吃東西的強烈執念，松音終於弄出像樣的爐灶，並且也把火解決了。

此時阮瀠將食材都準備好了，鍋爐也都刷洗過了。說起來還真是奇妙，別看只有一眼泉，但是其中的水彷彿取之不盡，用之不竭。

阮瀠做了一道粉蒸肉，炒了一道蔬菜，燉了一道冬瓜排骨湯，蒸了白米飯，招呼小松音吃飯。

看小傢伙吃得心滿意足，如此簡單的飯菜，卻彷彿帶給她莫大的幸福一般。

阮瀠看著孩子滿足的吃相，小嘴巴塞得滿滿的，兩腮鼓鼓的動來動去，就覺得自己要被萌化了。

用過膳，母女倆開始抓緊時間學醫術。醫學真的是博大精深，即便使用神奇的灌輸術法，還是需要時間消化。

此時，京城璟王府。

「王爺還是沒出來嗎？」掌管內務的秦嬤嬤問門口王爺的貼身侍從慶源。

「沒有……」慶源老成地嘆了口氣。

數不清是多少次失望了，自從他家王爺一年多前在戰場上被人暗算受傷之後，有無數太醫、名醫來給王爺看過傷，治過腿了，卻都束手無策。

王爺的外祖家和皇后娘娘不知道想了多少法子，到現在大家已經有些絕望了。

他家王爺也從一開始的暴躁，轉為焦躁，到現在的頹喪了。

曾經，三皇子祁辰逸手神俊朗，不只武藝超群，謀略過人，加之出身高貴，是京中名媛貴女心中最為極品的夫君人選，更是京城百姓心中的戰神，那時候真是風頭一時無兩。

誰能想到一枝暗箭，一次墜馬，被馬蹄數次踏下，人就這樣殘疾了。雖然當時救治及時，重新接了骨，也不應該如現在這般完全站不起來，奈何就是沒有辦法，多少大夫看了都困惑無措。

這次好不容易尋得江南神醫，本來大家重新燃起希望，卻依然沒有奏效，神醫慚愧離去，璟王爺就一直將自己關在書房裡已經將近一天了。

秦嬤嬤聽了慶源的話也很無奈，她本是皇后身邊最得信任、最能幹的嬤嬤，被派來照顧祁辰逸並管理王府。

祁辰逸十四歲起就跟著舅舅在外征戰，年僅十八就打贏無數勝仗，是一個軍事上的奇才。奈何最風光的時候遭遇那樣的悲劇，事發之後也找不到主使者，回京被封為璟王，賜居這座王府，至今王府仍沒有女主人。

誰讓他們王爺是冷情不近女色，出事後更沒有那方面的心思了。

別說王妃了，連一個側妃妾室都沒有。

「要不嬤嬤去請皇后娘娘來勸勸王爺？這樣關在房裡，奴才實在擔心。」

慶源從小伴著王爺長大，看過他的風光，也知道那些榮光是如何而來，他最是知道王爺是胸懷天下之人。

當別人還在父母身邊享樂的時候，他已經去戰場上拚殺，歷練自己；在別人沈溺小情小愛之時，他用自己的血汗保護大雍的百姓。

奈何蒼天無眼，竟然讓王爺遭遇這樣的事。

別說是那樣有理想的人，就是他一個小小的侍從，都不敢想像自己遭遇這樣的事情會變成什麼樣子。

「只能如此了。王爺性子拗，娘娘來了還能勸一勸……」秦嬤嬤也沒辦法。

以往王爺得知腿傷沒法子治時會發脾氣、摔東西，漸漸地能看出他焦急想克制自己的情緒。

這次王爺得知腿傷無法治，竟然什麼也沒說，麻木地進了書房，再也沒有出來過。

「那嬤嬤快進宮去吧！晚了宮裡出入就不方便了，這邊我和影一他們會看著。」慶源催促道。

秦嬤嬤知道此事不容耽擱，趕緊換衣服進宮了。

等到皇后得知消息趕過來，依然沒有勸通兒子放開心結，不過他總算是不將自己關起來，也肯用膳了。

皇后無奈只能回宮，回宮之前告知祁辰逸去參加半個月後的大長公主壽宴，希望那個閱歷豐富的長輩能夠給她兒子這個小輩一點有用的開解吧！

慈母心腸，大抵就是如此……

阮瀠在空間裡過了充實的半年，一邊和松音學習醫術，一邊打理空間，上次出門買回的種子已經長出許多果實，這半年裡母女倆吃的都是空間的產出物。

「娘親該出去辦點事了。」

將松音安排好，準備許多果子和點心，阮瀠出了空間，外面還是進去當天的傍晚。

阮瀠一出來還有點不太適應，誰能想得到她竟然有如此機緣呢？

不過松音也說了，這種調整時間流速的方法不能頻繁使用，每個月不能超過三次，否則會有反噬，所以最近是阮瀠最後一次使用這種方式，畢竟只有通過這樣才能飛速提升自己的醫術。

接下來幾天，阮瀠都一直待在自己的院子裡，偶爾去看看祖母和母親。

她已經準備好假孕的藥物，等著去和唐力會合了。

不過她臨時改變主意，出門後先讓香衾去叫唐力，再去添香酒樓訂上好的包廂。等人到了，就讓兩個大丫鬟守在門外。

「唐兄弟來了，大娘的病怎麼樣了？可是好些了？」阮瀠看到此時進來的唐力，與上次見面的樣子差別很大。

上次他滿身的狼狽，加之愁容滿面，此次整個人就有精神多了，人也裝扮整齊，頗有點上輩子那個俐落的樣子。

「還要多謝阮姑娘，我娘已經好轉了，情況穩定，可見得姑娘的藥是真的有效。」唐力也沒想到，街上偶然相遇的姑娘，真的有那麼好的醫術。

在唐力心中，他與阮瀠並不是一場對等的交易。說實話，以阮姑娘肯出的報酬，隨時可以找到幫她辦事的人，可是他就不同了，當時那般情況下，如果不是阮姑娘的出現，等待他和娘親的命運已經很明顯了。

所以，他將阮姑娘視若恩人，不過他不善於表達自己的情緒，只是在心中默默承諾今後絕對會用盡自己所能去報答。

「嗯，一定要持續服藥，等過了這個月，我會再去看看大娘，到時候藥方再酌情改一下，慢慢調養總會沒事的。」阮瀠溫和地笑著。

她不僅是為了唐力能為自己所用才對其母親如此上心，更多是為了前世的緣故。

「姑娘那天所說的事，我已經仔細籌謀過了，姑娘就放心交給我吧！」唐力感激阮瀠對自己母親的照顧，也想為阮瀠效力，來解決阮瀠眼前的困境。

「那就不多說了，這紙條上寫有地址和身分訊息。這一小瓶藥水無色無味，就是那藥物……」阮瀠隱晦地解釋帶來的兩樣東西。

唐力接過東西，鄭重承諾會盡快辦完事。

阮瀠也確實著急，畢竟再過四個月就要到婚期了，還是要快點解決才好，她才有資格去到王爺的身邊。

唐力是個沈默的性子，事情安排完了，兩人就分開了。

上次出門沒有品嚐到添香酒樓的菜色，今天阮瀠就帶著香衾、暖禂一起好好吃一頓，其間也悄悄地偷渡一些到空間裡，給她家「小饞貓」解解饞。

用過膳，阮瀠前往雲彩坊——京中最著名的綢緞莊。上次買了幾件成衣，這十天之後要去參加大長公主的壽宴，她還是需要去挑些好的布料。

她很確定這次大長公主的壽宴，祁辰逸一定會出席，因為上輩子在壽宴，璟王爺還發生了一點小意外。

今生她不僅要護好他，也要給兩個人初次正式見面做好準備。

雲彩的掌櫃自然認出阮瀠是英國公府的嫡小姐，很是熱情周到。

阮瀠看了看店內最上等的布料，最終挑了五疋雲錦，她準備繡一條月華裙，配素色紗羅對襟短襦。

掌櫃的高興極了，這英國公府三小姐素來大方，果然，這一次買的東西都夠他幾天不開張也沒關係了。

接著她去京中盛名的玉石齋，準備挑套頭面，可逛了半天也沒有合適的。

等回到府中，已經是下晌了。

祖母正在午睡，阮瀠去母親院裡，母親也在休息，不過大丫鬟雲環透露說母親身子有點不舒服，請了大夫看也沒說出什麼原因。

阮瀠終於想起來自己隱隱覺得忽略的事情是什麼了——前世這個時候，母親懷上一個孩子！

因為當初生她的時候，母親傷了身子，所以一直沒有往這方面想，加之大夫一開始沒看出什麼狀況，也就沒有當一回事。直到快要三個月竟然小產了，就在她要出嫁之前。

那時候母親本就傷了底子，為了她的婚事又要強打精神處理，終是拖累身體，以至於後來總是纏綿病榻。

前世以為意外的小產，後來她已是阿默，追查當年家族覆滅真相的時候，偶然得知，此事竟然是蘭姨娘所為。

蘭姨娘畢竟生養過兩個子女，那時候最先察覺到母親的不對勁，然後趁著大家都沒有注意到母親懷了身孕，就神不知鬼不覺地用計讓母親小產了。

事後蘭姨娘擺出恭謹的姿態盡心伺候母親，不僅讓渣爹動容，也讓母親接納許多事，為她今後成為平妻鋪好了路。

母親小產傷了身子不能再生，蘭姨娘所出的庶長子是當時最合適的繼承人。

想到這些事，阮瀠心中暗暗責怪自己，重生後只想著自己退婚和王爺，竟然這麼重要的事這時才想起來。

也是當初得到這個消息太過悲痛，後來她都刻意讓自己不去想，沒想到差點因為自己的疏忽，將母親再次置於險境。

今生絕不會了！她會保護好娘親，也護好她今生的弟弟！

「雲環姊姊，我進去看看母親。」

想到這裡，阮瀠輕手輕腳地進到母親的臥房。

房間很大，擺設卻很普通。母親雖然嫁妝豐厚，卻素來不喜歡那些奢華的擺設，更喜歡簡單一些，將最珍貴的東西都給了她。

想起前世自己的嫁妝最後都落入孟家之手，阮瀠又有一些鬱悶。

前世她雖為自己報了仇，可是鬱氣仍然糾結於胸中，孟家的所作所為實在讓人難以釋懷。今生她還沒有想好要怎麼對付孟家，不過若是孟家依然存有惡念，那麼她必然十倍奉還，甚至徹底清算一下前世的帳。

走到床前，看到母親青絲鋪於枕上，臉色有那麼些蒼白，唇色也不好看，人雖然是睡著的，眉頭卻緊鎖。

阮瀠上前，將手指輕輕搭於母親的脈上，發現果然是滑脈。將將十餘日，也難怪大夫無法診斷，而她能看出來是因為松音的醫術與這世間還是有些區別。

阮瀠沒有吵醒母親，輕手輕腳地退出去，並將雲環和林嬤嬤叫到廂房，關上門窗，讓香衾等人把守著。

雲環和林嬤嬤是絕對可信的人，這是上輩子用生命得來的結論，所以今生她只能將重任託付給兩人。畢竟自己不能時時刻刻伴在母親身邊，那就需要母親身邊的人警惕起來。

林嬤嬤和雲環都很納悶，今兒三小姐這麼神神秘秘的。

「林嬤嬤、雲環姊姊，妳們一個是母親的奶嬤嬤，一個是母親貼身丫鬟，是母親和我最信任的人，今天我有一件事想要囑咐妳們。」阮瀠一臉正色。

「三小姐吩咐就是，這本就是我們的本分。」林嬤嬤慈愛地說道。三小姐可是她看著長大的，在她心裡就像是自己的親人一樣。

「母親有身孕了。」阮瀠直截了當地道出這個秘密。

「這……怎麼會呢？」兩人直覺地有點不敢相信。

要說老爺前些日子是來過，可是這才多久，怎麼就能肯定有了身孕？再往前，老爺可是好久沒有……

「三小姐，剛剛李大夫來看過，並沒有診斷出來呀！」雲環並沒有林嬤嬤有經驗，沒有想那麼多，卻也知道大夫剛剛來看過。

「林嬤嬤、雲環姊姊，我最近在研究醫術，母親應該是有孕的徵兆，可是日子太淺了些，才十餘日，所以一般大夫診斷不出來。母親這個年齡有了身孕必然要精心伺候，而且絕對要保密，我們現在不能將消息傳出去，母親那裡最好也先等一陣子再說才好，怕她思慮過重，患得患失。」阮瀠娓娓道來。

林嬤嬤和雲環兩人也漸漸正視起這件事。

「妳們也知道這一胎有多關鍵，所以在能夠真正診斷出之前，我需要妳們兩人在這段時間保護好母親、照顧好她，更重要的是從現在起，就要防著有心人的加害。」阮瀠繼續囑咐。

兩人自然知道，夫人若是有孕將是多麼重大的事，現在世子沒有嫡子，庶子的年紀卻那麼大了。

雖然她們還是不敢相信三小姐怎麼確定夫人有孕這件事，但是也下定決心，按照三小姐的吩咐做事。畢竟就算是假的，也沒什麼損害，萬一是真的，那麼影響可是很大的！

當下，林嬤嬤和雲環都鄭重地點頭，承諾這陣子一定會精心照顧好自家夫人。

「也要掌握好分寸，萬萬不要讓人察覺出來才是。」阮瀠還是不放心，這陣子她要處理很多事情，母親這邊可信的人必須要重視自己的話。

在這院裡某些人的眼線也要找機會趕緊拔除，這件事並不容易辦，既不能打草驚蛇，還要快狠準，需要好好想一想。

第五章

等阮灤回到雅芙院，發現這些日子都沒有來表現姊妹之愛的阮清，正在自己院中餵魚。

腕間戴的一對翡翠鐲子水頭不錯，想來這樣的東西可不是蘭姨娘能給她的，八成是渣爹貢獻自己的私藏。

雖然這對鐲子與阮灤手上的好東西不能相比，不過即便是這樣成色的東西，渣爹也沒有給過自己。

今生醒悟了之後才體會到這個父親對他的愛妾和庶出子女，比她們母女上心多了。即便他們為家族惹來滔天大禍，他最終也是帶著他們逃亡，而其他家人在他心中應該沒什麼位置吧……

雖然前世家族之禍主要是因為權力鬥爭，有人在背後下手，但說到底還是那對愚蠢的兄妹給人家機會可乘。

「三姊姊回來了！妹妹來的時候看姊姊不在，就在院子裡等姊姊。姊姊今日買了不少好東西呢！」

阮清看著阮灤出去一趟就買了這麼多雲錦，在陽光下閃耀著細碎的光彩，可想而知做成衣衫將會多好看。

「嗯，妹妹來多久了？」阮灤一邊應答阮清的話，一邊讓香衾和暖裯將東西搬進屋子裡。

阮清看那些好看的名貴布疋就這樣眼睜睜從自己眼前消失，阮灤根本沒有要跟自己分享的樣子，心中十分怨恨。

「姊姊買這麼多的雲錦是要做多少衣衫？過些日子大長公主的宴會，妹妹正愁沒有合適的出門衣服，姊姊……」阮清欲言又止的樣子，險些直接開口討要了。

此時阮清心中並不好受，甚至覺得有些屈辱。除了上次那對紫翡翠手鐲，從小到大，阮灤有什麼好東西，只要有多的一定會和自己這個妹妹分享。

「鴛兒，去找妳暖裯姊姊，去庫房裡找兩疋新鮮顏色的妝花緞出來給四小姐。」

院中二等丫鬟鴛兒應聲退下。

阮清頓時目瞪口呆，她是怎麼也想不到阮灤會拿那種東西打發自己。

她明明買了那麼多的雲錦，那些夠做多少衣衫，竟然這麼吝嗇？

「不用了，姊姊這些日子可是總出去逛呢！」阮清臉上的笑容十分牽強，轉移話題。

她是看出來了，阮瀠自從孟家的事發生之後就變了，不復曾經的大方。

「嗯，姊姊最近心裡總覺得煩悶，出去逛逛、買買東西，心情還會好一些。」阮瀠敷衍道。

這輩子阮瀠是不想再和這種人維持什麼姊妹之情了。畢竟前世被她害得家族覆滅，她踩著自己的名聲上位時，可從來沒有想過自己曾經對她的善待。

「姊姊心中煩悶，可以來尋妹妹解悶。」阮清裝模作樣地說道。

聽到阮瀠依然因為孟修言納妾之事苦悶，阮清心情好了些。畢竟她知道孟修言已經將那個妾室送出去了，祖父、祖母就算再不高興也沒有理由退婚。

「姊姊得了空就去。姊姊今日累了……」阮瀠可沒有興趣在這裡和阮清多說。

這時間，她還要給松音弄點好吃的呢！

小團子真是小吃貨，這半年自己不斷換菜色給她弄好吃的，養得她越發嘴饞，這些日子她還弄來一本食譜，開始點餐……

「姊姊好好休息，妹妹就先回去了。」阮清依然因為雲錦的事不痛快，想著找機會還要去父親那裡訴委屈。

等阮瀠回到房間，已經開始思考要找可靠的人盯著蘭姨娘和阮清的事了。

進了空間，就看到小松音在一旁不知道忙些什麼。

「松音在幹麼呢？」看著小奶娃翹著小屁股，在桌子上擺弄的認真樣子，阮瀠好奇問道。

「啊！娘親嚇死本仙了。」小奶娃氣呼呼地飄到阮瀠的頭頂。

「對不起啊，寶貝，娘親不是故意的。」阮瀠故意扮委屈。

她知道小松音就是裝凶貌，實際上根本不會怪罪她。

「真是不想原諒妳都不行！」松音狀似無奈地攤攤手。

「剛剛在弄什麼？」阮瀠看到小傢伙傲嬌的樣子，被萌得不行。

「妳不是說過幾天就能夠遇見爹爹了嗎？我想先弄個藥粉，到時候用上了，就能讓他直接愛上娘親呀！」小松音素來喜歡直截了當地行動。

阮瀠滿頭黑線，有些擔心自家這個娃娃今後不會也想這麼給自己搞定夫君吧？啊……想得太遠了些。

「松音，不要弄這些了，人的感情是一種美妙的東西，如果用藥物操縱的話，不僅是對爹爹不公平，也不是娘親想要的。妳也了解一些爹娘的事情，雖然今生很多事情發生了變化，可是娘親想要慢慢地走近妳爹爹，不想要憑藉著這些手段去操控一個人的情感。」

阮瀠覺得有必要和自家這個準閨女說清楚，否則這孩子真的不知道能做出什麼事情來，雖然她的初衷是好的。

「有那麼麻煩嗎？你們凡人怎這麼奇怪呢？」小松音疑惑不解。這不是最簡單的方法嗎？據她所知，娘親對爹爹有很深的情感，她這樣做不是更簡單迅速達到目的嗎？

「人與人之間的情感可能是一見鍾情，也可能是日久生情，這都是人們美好的情感，是發自內心的，如果松音想要用藥物控制，那不是失去了這種發自本心的美好，和造一個木偶有什麼區別呢？」阮瀠不知道松音能不能聽懂，她很認真在解釋。

「好吧，娘親不想用就不用好了。」松音無法理解凡人複雜的感情，也看出娘親不贊同自己這個方法。

那就算啦！讓娘親自己去……什麼日久生情吧！

阮瀠一看松音就是沒有理解，不過她也不知道怎麼再解釋一番，日後慢慢來吧，只要她現在不亂來就好。

解決了這事，阮瀠和松音約定這些日子，她可能白日要在外面忙，會給她偷渡好吃的，主要是她要好好看著娘親那邊的動靜，承諾晚上會來空間陪她。

「娘親，妳弄進來的東西，沒有妳做的好吃……」松音委屈道。

看著一邊挑剔的小奶娃，阮瀠無奈搖頭。

日子就在忙碌中悄然而逝……

到了六月初六這天，阮瀠在香衾的巧手裝扮之下，簡直美如畫中仙。她身著白底輕煙紋香雲羅短襦，下著雲錦月華裙，五色堆疊，走動起來好似月光般呈現出美麗的光華。

阮瀠讓香衾梳了個簡單的單螺髻，露出飽滿光潔的額頭，上頭簡單地用珍珠貼了花鈿，正呼應頭上一整套的珍珠頭面。

不僅整個人顯得簡單清爽，又皎皎如月，既不張揚，又讓人無法忽略她的美。配上祖母給的一對水頭極好的紫翡翠鐲子，自有一種內斂的芳華在悄然綻放。

「咱們去正院吧，祖母應該等急了。」

看著鏡中的自己一切都得宜，阮瀠叫上香衾和暖裯同行。

今天國公府正經的女眷都受邀參加宴會，老夫人、世子夫人、二夫人、阮瀠、阮清會出席，二房的小少爺阮昭也會去。

一到正院，劉嬤嬤就迎了上來。

「哎喲，我的三小姐，您這樣打扮簡直太美了，像是仙女下凡似的。」

阮瀠聽到這麼直白的誇讚，不禁表現出自己的羞怯。

「劉嬤嬤就會取笑。祖母已經準備好了嗎？」

「都已經準備好了，就等三小姐了，咱們快進去，讓老夫人看看咱們家的寶貝！」

劉嬤嬤上前幫著打簾子。

香衾、暖裯在後面抿嘴笑，她們就覺得劉嬤嬤說得很對，小姐確實像小仙子，不僅人美，還心腸好。

阮瀠一進屋，老夫人笑得瞇起眼，看到孫女這個打扮，就讓她自豪和喜歡。

一旁的阮清卻是嫉妒得發狂。那天阮瀠沒有給自己雲錦，她也是找機會去父親面前好好地訴委屈。

不過阮瀠最近是家中重點保護對象，阮寧華也沒有去觸霉頭，只是給了阮清不少銀錢，讓她自己去置辦行頭。

阮清也算是頗費了一番心思，今日的打扮既顯出貴氣，也顯示出她的好顏色，可是這兩相一對比，真是被襯得庸俗了。

看著阮瀠婷婷玉立地站在廳內中央，受著滿屋子人的誇獎，阮清險些控制不住要大聲咆哮出來。

廳中眾人，沒人注意到阮清的異樣，阮瀠也只是淡淡地瞥了她一眼，就轉開目光。

上輩子阮清就是這般，模仿她前世的穿衣打扮，加之兩人有點相似的容貌，在自己出嫁後，她也算是以此在京中貴女圈中有了一席之地。那時候還不覺得有什麼，現在看來真是有些膈應。

「咱們走吧，去晚了可就不好了。」等眾人誇獎完畢，老夫人笑盈盈地起身宣佈出發。

阮灤乖巧地上前攙扶祖母，她實在不想和阮清坐一輛馬車，也不想破壞自己現在美美的心情，更何況還要照看著母親。

老夫人自然樂得帶著阮灤，也察覺出孫女最近對阮清的態度轉變，以往她時常會照顧這個庶妹，從不曾因為嫡庶之分而冷待，有好東西都會想與姊妹分享。

她自然知道阮清是有些小心思，不過阮灤兄弟姊妹甚少，在不過分的前提下，老夫人也願意成全她這份友愛之心。

不過眼下她似乎自己看明白了，這樣也好，省得養大了有些人的心，畢竟蘭姨娘本就因為生了唯一的庶子，有些風頭過了。

阮灤並不知道老夫人為她操那些心，如願地和老夫人、娘親坐上馬車，開心地望著路邊繁華街景。

天空湛藍，暖陽彷彿釋放萬丈光芒，大長公主壽辰這日是難得的好天氣。

阮灤此時心中突然有點忐忑，儘管她再也不是前世的阿默……

那時候她想自己是不是因為經歷太多的波折和苦痛，上天為了補償她，才把王爺送到彼時的自己身邊，今生自己並不想去歷經那些劫難，這樣是否能有機會陪在他左右呢？

行過兩條街，就到了大長公主府。

大長公主府大氣精美，亭臺樓閣應有盡有，處處精緻。阮瀠雖然來過很多次了，可是依然感嘆，大長公主府四季景色皆不同，可以看出主人是一個會享受生活的人，以往她不覺得如此，現在卻以此為榜樣，以後她的家……

意識到自己思緒跑得太遠，阮瀠有點尷尬。

一行人很快就到了宴客廳。

「哎喲，老姊姊可來了，咱們可好些日子沒見了。」大長公主見英國公夫人到了，很是熱情地招呼道。

她們二人未出閣的時候就性情相投，相交甚好，後來又都嫁入武將之家，有了很多共同話題，甚至眼界也在一個水平，所以這些年相處起來越來越融洽。

「怎能勞壽星親自來接？今兒可是妳的好日子，看看日頭都為妳慶賀呢！」英國公夫人笑著打趣。

身後的小輩們趕忙上前見禮。

大長公主一下子就注意到阮瀠，趕忙伸手將人拉過來。

「好孩子，讓本宮瞅瞅。有些清瘦了，不過更好看了，看看這眉眼，這氣度，真是個可人疼的！」

大長公主憐惜地摩挲著阮瀠的一雙玉手，一看到她就想到前陣子聽到的風言風語，真是讓人生氣。

阮瀠這丫頭也是自己看著長大的，容貌在京中數一數二不說，性情也溫良。當初皇后為辰逸那孩子相看對象的時候，她也覺得相配，沒想到辰逸卻出了事，這事情就不了了之。

再後來弄出「為父報恩」的事，她就覺得不靠譜，果然還沒成親，那人家就鬧出這麼沒臉的事，連累阮瀠這丫頭跟著被人說嘴。也怪英國公府過於注重面子，若換作是她的孫女，她怎麼樣也要把婚事退了。

阮瀠笑眼彎彎，不想讓大長公主憂心。「小女阮瀠祝長公主殿下萬福，生辰快樂，福壽綿長！」

大長公主樂呵呵地應了，把紅珊瑚手串褪下來，戴在阮瀠手上。

阮瀠有些不好意思，這是大長公主的壽辰，怎麼是她得了這麼貴重的禮物？

可是她推拒不了，她看到大長公主那略帶憐惜的眼神，只能收下。

阮瀠知道大長公主素來有失眠的毛病，佯裝從袖中拿物，實則是從空間中取出一個精緻的荷包。

「長公主殿下，這是小女最近新繡的荷包，裡面的藥材有安神之效，長公主可以讓太醫檢驗一下後掛在床頭。」

這可是松音的獨門秘方，她本來是為母親準備的，怕她過陣子難以休息，眼下正好拿出來奉上。

眾人寒暄一會兒，大長公主讓人帶英國公夫人一干人等入座。

阮清默默地跟在後面，已經習慣這種場合沒有人會注意到她。本想靠著和阮瀠相似的打扮吸引眾人關注，沒想到阮瀠一出現，打壞了她的盤算。她就算再生氣，也是無可奈何。

其實阮清應該知足了，別家的庶女可沒有機會出現在這種場合，如果她不做那無謂的妄想，就能夠明白她過的日子已經是京中眾多庶女所欽羨。

若是她夠聰明，本可以因為這份幸運為自己謀算一個美好的前景，可是她偏偏事事想要和阮瀠比較，感覺到落差就覺得自己不幸，時時被嫉妒和攀比啃食自己的心，將自己一步步帶往錯誤的深淵。

她們阮家女眷來得算早，等到她們聊了一會兒，其他府的客人也陸陸續續到了。

「讓那些年輕的姑娘們去花廳裡坐，不用拘束在這裡陪我們這些老傢伙。」大長公主吩咐著身邊的女官。

於是所有姑娘們都起身去花廳，那邊早已經擺好點心和新鮮的果子，大家分別坐下。

阮灤正在思考著一會兒怎麼找機會去湖邊那裡。

「阮灤，聽說妳未婚夫家的那個妾室已經送到恆遠胡同去啦！」

說話的人是明遠伯府的大姑娘，平日裡就很看不慣阮灤，這次阮灤的未婚夫納妾一事在京中鬧得沸沸揚揚，她早就想要挖苦阮灤一番，只不過阮灤這陣子都不出門，她好不容易才逮到機會。

阮灤一聽柳月晴出聲就明白對方是什麼心思，若是以前的她真的會很在乎別人的看法，現在她不會放在心上。

相反地，若是能夠藉著今天之事為自己塑造很委屈的形象，接下來事情爆發，可能還會有助於自己退婚呢！

抬眸看四周那些閨秀們的神情，或嘲諷，或看好戲，或同情的目光。

阮灤神情哀怨，垂下眼簾，一副十分難過的神情。

「呵呵，妳就別難過了，那畢竟也是人家表妹呀！情誼深厚，聽說身世極為可憐呢，總不能把……」柳月晴一看阮瀠的模樣馬上故作安慰道，實際上幸災樂禍的口吻。

「妳們慢慢坐，我先出去透透氣。」還沒等柳月晴繼續說下去，阮瀠故作忍受不住地站起身，要出去逛逛。

「柳月晴，妳積點德吧，妳就能保證妳未來的夫君不納妾呀？」一旁武安侯府的孫嬌嬌看不慣柳月晴裝模作樣。

這麼被孫嬌嬌搶白，柳月晴本想反駁，不過聽著宴會廳那邊男賓們逐漸入場，也就小聲地解釋。「我也沒有別的意思，就是關心阮瀠而已嘛！」

柳月晴的母親近些日子囑咐她，此時是議親的重要時期，可不能因為自己嘴快而影響了名聲。

想看的熱鬧沒有了，正主都避出去了，眾人也各自閒話起來，都端出一副大家閨秀的好姿態。

阮瀠藉著剛才的機會出了花廳，帶著丫鬟，三人奔向花園。

她上輩子聽說璟王爺在湖中落水的消息，而大長公主府的湖泊就在花園東面，她要趕緊過去。

前世祁辰逸受了腿傷，本來就站不起來，經此落水一事，濕氣入體，每到下雨天都疼痛難忍，那時候每次看到他強忍疼痛的樣子，都讓她心痛不已。

今生她絕對不會讓祁辰逸再遭受那種痛苦。

而這邊，祁辰逸也已經到了大長公主府，向大長公主拜壽送了賀禮後，他就帶著慶源去花園。

母后想要讓他出來散散心，也有讓大長公主開導他的心思。

祁辰逸雖明白道理，只是要接受自己現在這個沒用的樣子，真的很難……

曾經的意氣風發，征戰沙場，都已經成為過去。

如果是廝殺過程中受傷，他也許不會這麼難以接受，但他是傷於自己人的暗算。

雖然外頭都說找不到主使者，他心裡卻有數，不過那對母子正值聖寵，他拿不出證據，根本沒有辦法為自己討回公道，反而還會使自己和母親陷入尷尬的境地，所以他既不能報仇，也不能表現出自己知情。

一次次的醫治，一次次的失望，他已經不知道未來應該怎麼走下去……

「不用你推著本王了，本王在這裡待一會兒，你退下吧！」

不知不覺來到湖邊，祁辰逸只覺得想到那些事心中煩悶，就讓慶源退下，自己想要靜一靜。

慶源領命，退到遠一些的地方。

此時，阮瀠趕到湖邊，遠遠地就看到那個坐著輪椅的身影。

「妳們在這邊等著，我過去一下。」她沒有時間思考，快步朝那邊的人影趕去。

慶源看到一個漂亮得不像話的女子帶著丫鬟們過來，然後一個人朝著王爺走過去，他想了想，沒有阻止。

雖然王爺現在坐在輪椅上，應付一個女子還是綽綽有餘，就算有什麼情況，還有影九在，不會出什麼意外的。

阮瀠終於又一次如此近距離地靠近她的王爺了，克制住怦怦心跳，她提醒自己眼下最重要的是排除陷阱。

祁辰逸聽到身後的動靜，也判斷出是一名女子，他沒有興趣回頭，也不想知道女子靠近自己想要做什麼。

阮瀠仔細地觀察周圍，就發現了不尋常，在地面泥土的掩蓋下，似乎有些東西。她仔細盯著看，猛然認出那是一種爬行動物，在地下穿梭，然後……輪椅！

阮瀠快步跑上前，推起輪椅就轉換了方向。

祁辰逸沒想到這個女子如此膽大，慶源和影九也大驚失色。

「大膽！」兩人瞬間奔向璟王爺。

祁辰逸伸出手想要制止這個大膽的女子。

就在這個時候，失去目標的爬行動物露出頭，靈活的身子朝著輪椅的輪子繼續衝來。

阮灤繼續轉換著輪椅的位置，由於上輩子她時常伺候祁辰逸，早已經能夠靈活操控這輪椅。

璟王爺主僕也意識到是什麼狀況了，影九拔劍斬去，那動物沒有閃過，當場被斬成兩半。

慶源和影九一陣後怕，若是沒有這個姑娘突然出現，現在王爺會遭受什麼……

祁辰逸也明白是怎麼回事了，他轉頭看著依舊推著輪椅的女子。

由於她跑得急，髮髻略微有點偏了，臉頰卻紅撲撲的，甚是動人。

一雙眸子黑亮亮彷彿盛滿碎光，陽光反射下，彷彿要滿溢流淌出來。更重要的是，那雙眸子裡彷彿倒映著他……又好像不是他，好似這個女子透過自己看到了別人。

阮灤見終於擺脫了危險，才感覺到自己的心跳彷彿不受控制一般，在耳邊怦怦響。

看著轉過頭來的璟王爺，依然是前世的眉眼，卻瘦了一些，蒼白了一些。

深邃的眉眼，高挺卻略顯冷硬的鼻梁，下面薄唇緊抿，整個人就像是刀鞘中的寶劍，雖然掩蓋了自己的鋒芒，卻依然散發著一種銳氣。

此時的王爺更青澀一些，眼神沒有前世那種疲憊，不過此時眸子裡裝滿了寂寥，一種深深的無力！

阮瀠一瞬間感覺自己還是王爺身邊的婢女，和他形影不離，和他榮辱相依。

王爺，你的阿默回來了！

「謝謝這位姑娘，剛剛實在抱歉，還以為妳是圖謀不軌，差點傷到妳。」沒有體會到兩人之間微妙的氣氛，慶源替他家王爺道謝。

這次可是多虧這個突然冒出來的姑娘，否則王爺剛剛的狀況實在太危險了，這要是掉進水裡，王爺本來就行動不便，就算他和影九快速將人救起來，也說不定要遭什麼罪。

阮瀠回過神來，放開推著輪椅的手，走到祁辰逸面前，福了福身。

「王爺萬福，剛剛小女碰巧經過，看到地底下有點不對勁，沒來得及招呼就跑了過來，也難免會有點誤會。」阮瀠解釋道。

抬頭看到璟王爺依然在打量著自己不說話，阮瀠頓時有點臉紅。

前世她遇到王爺的時候，臉被陳楚兒毀了，喉嚨也發不出聲音，即使後來經過細心醫治，右臉還是有一道明顯的疤痕。

雖然王爺的目光從來沒有嫌棄過，甚至動情時也溫柔地吻過她的疤痕，但她總是有點自卑。

今生她終於能夠稱呼一聲她的王爺，也能夠將早年間最美好的樣子給王爺看，她也算是沒有遺憾了。

祁辰逸看著這個姑娘抬眸的那一眼，頓時覺得心臟彷彿緊縮了一下，甚至聽到她的聲音，竟然也有一種莫名其妙的突兀之感。

他不知道為什麼自己身上有這種如此奇怪的感覺，只能繼續緊盯著眼前的人看。慶源看到自家王爺這樣盯著人家姑娘看，有一點尷尬。

即使眼前這個姑娘是世間難尋的美人，粉面桃腮，盈波大眼，嬌美翹鼻，完美的櫻唇，簡簡單單的打扮卻綻放出萬丈風華，說一句傾國傾城都不為過，但是這位姑娘剛剛救了他，他卻連句話也不說，著實是……

端詳了半天，也找不出自己不對勁的原因，祁辰逸終於找回說話的能力，知道今日來大長公主府上都是參加壽宴的客人，遂問道：「多謝姑娘剛剛出手相助，不知道妳是哪家的？」

「小女阮瀠，祖父是英國公阮臨淵，在家行三……」這時候阮瀠發現香衾和暖裯兩個丫鬟也從剛剛發生的事情反應過來，來到她身邊。

「剛才多謝了，過幾日本王會登門道謝。」祁辰逸也知道這裡人多眼雜，不適合在此處多停留，所以簡單地交代道。

他終於有點印象了，不知是聽誰說的，自家母后曾經為他相看過英國公府的姑娘，也不知是不是眼前這位。

若是……

祁辰逸沒有再想下去，也沒什麼意義，若是……他現在這個樣子，呵！今日的事處處透著詭異，那爬行動物必然是受到操控，整件事情還要好好查一查。如果再耽誤下去，對這位貴女也必然不好。

「那王爺萬萬保重身體！」阮瀠知道自己待在這裡目標太明顯，不小心可能會引來背後之人的注意，所以點了點頭，轉身離開。

她沒想到自己不經意間表示的關心，讓祁辰逸感覺越發古怪，既覺得這位英國公府的姑娘這話有點自來熟，彷彿認識很久的人，又覺得似乎就應該是這樣。

慶源此時的思緒就比較複雜了。

他家王爺還在疑惑此女身分的時候，他已經知道阮瀠是誰了。

前些日子孟狀元納妾，狠狠打了英國公府臉面的事，可是傳得沸沸揚揚，那位京中第一美人阮家三姑娘的婚事，可是讓京城眾人操碎了心。

他也知道這位三姑娘，就是當初皇后娘娘為他家王爺相看的名門貴女。

本來他對阮瀠沒什麼好印象，畢竟她沒多久就與孟家訂婚了，不過發生今日之事，讓慶源對阮瀠的印象大大改觀，反而覺得這樣姝色動人、果敢善良的女子，自家王爺當初錯過了，真是可惜。

如果當初就訂親了，王府又怎麼會像現在這樣冷冷清清？有這樣一個王妃在，至少王爺不會像現在這樣，苦悶的時候都沒有一朵解語花。

璟王爺並不知道自己身邊的人第一百零一次操心著他的婚事。

「壽宴快開始了，咱們也過去吧！」璟王爺也從沈思中回過神來，吩咐道。

即便剛剛發生了那樣的事，他依然很是淡定。

此時影九已經收好那凶物的屍首，安排其他影衛去調查了，相信很快就能夠找到線索。

阮瀠也正準備直接去水榭那邊，今日大長公主的壽宴就是在那裡舉辦。

大長公主這次的壽宴相當隆重，每一個細節都極盡用心。

阮瀠到了水榭，有些人看到她此時淡定的樣子，還在心中暗暗嘲諷。

「真是能偽裝，剛剛不知道躲到哪裡哭去了，這麼久才回來，現在裝著什麼也沒發生的樣子。」其中一個貴女對身邊的姊妹說。

「姊姊快小點聲，別惹得人家真的哭了，到時候可不好收場呢！」旁邊的姊妹接話。

「她哪知道我說的是誰，我又沒指名道姓。」一開始說話的那人撇了撇嘴，沒有繼續。

阮瀠不知道是不是在空間裡待久了，這些細碎的話都傳到她的耳中，不過她也不在意，她哭或者笑，和別人有什麼關係？

正巧長輩們也過來水榭這邊，阮瀠沒有入座，等著祖母她們過來，主要是她實在不想和阮清坐在一起。

大長公主和英國公夫人這行人到了之後，就坐在位置最好、最大的那桌。

阮瀠果然也被叫到了那邊，依著祖母而坐。

同樣在這桌的小輩，還有武安侯府的孫嬌嬌。

阮瀠上輩子出門做客也會碰到這位閨秀，不過沒有什麼深交，這次算是今生第一次參加宴會，她發現這位孫姑娘和自己印象中有些不一樣。

也許是感覺到阮瀠的打量，孫嬌嬌抬頭回以一個微笑，竟然有點嬌俏的樣子。

有點不可思議，畢竟這位孫小姐有將門虎女的名聲在外，上輩子據說嫁給了明遠伯府的世子——柳月晴的哥哥。

後來她不知是什麼原因和離了，日子過得反而風生水起了。

此時一看此人，面目疏朗，雖然算不上漂亮，卻有著難得一份灑脫的氣質。

孫嬌嬌也覺得這個阮瀠和自己以往在宴會中所見的不一樣，彷彿掙脫了什麼枷鎖似的。她也知道阮瀠的境遇，發生那種事還不退親，說實話她不贊同，不過家裡決定的親事沒有子女說話的餘地，她也不是不能理解。

宴過之後，隔著一汪碧水，在池子中央架起戲臺，果然是大長公主府的手筆。

阮瀠全程沒有專心聽戲，依然沈浸在今天見到自家王爺的悸動之中。

如今璟王爺更瘦一些，臉色不好，神情也有些頹喪，應該是還沒有得到很好的醫治和照顧……

想到這裡，阮瀠恨不得馬上退了婚，趕緊嫁入王府。

然而，她知道自己不能著急，需要處理的事情太多了。她雖然和松音一樣迫不及待，卻不得不壓抑住自己刻骨的思念。

就算真的有嫁到王府的那一天，她也必須要克制。畢竟重生這件事實在太離奇了，更別說她還帶著自己前世的寶寶重生呢！

雖然松音說這是時光倒轉，不過在她看來就是重獲新生。

等到傍晚聽完了戲，大家才啟程回府。

阮瀠自然是和祖母她們同一輛車，阮清則自己坐在後面的車裡，滿心不是滋味。

她受夠了這種時時刻刻被阮瀠壓一頭的感覺了。

就因為她不是嫡女！

明明她姨娘生了兄長，憑什麼還要在世子夫人手下討生活？她連個兒子都沒生！

明明父親更喜歡姨娘，更喜歡自己！

阮清的丫鬟彩娟看到自家主子的神情，默默地縮了縮。

第六章

大長公主壽宴之後，已經過了將近一個月的時間。

這一個月來，阮瀠既要照顧最近越發不適的母親，也要忙著備嫁事宜，只有晚上能夠進空間和松音相處一陣子。

畢竟現在府中除了香衾和暖裯有察覺之外，還沒有人知道她有退婚這個打算。前些日子已經接到唐力的消息，事情已經辦成了，現在只需要默默地等待結果就好。

松音雖然有些不樂意，到底也理解現在娘親有很重要的事情要做。

「娘親，到底什麼時候，妳才能嫁給爹爹呢？」這天夜裡，松音坐在阮瀠的肩膀上看著她細心的研磨藥材，一邊問著。

「松音著急了？娘親正在想辦法退親，之後才能去找妳爹爹呀！」阮瀠有些失笑。

自從前些日子在大長公主府見過祁辰逸之後，她已經想好接下來的路，即便是以那次恩情交換，即便他不願她為正妃，她也要去到他身邊，不僅僅是因為松音，也因為上次她更清楚地認識到自己的內心。

她甚至還有些慶幸，這輩子自己還有機會爭取一下，不像上輩子她想都不敢想。

「娘親也是過於拖沓了，退婚這種事情就要直截了當啊！像本仙說的，直接給他弄點藥，讓他不能人道，到時候既能退了這樁婚事，又能夠讓他下半輩子都不能想著納妾。」

阮瀠無語，有點後悔這些日子不能陪伴孩子，給她偷渡了不少的話本進來，本來就有些不按常理出牌的松音，現在的想法越發大膽了。

看樣子思想有點跑偏的孩子應該慢慢教育，先弄些正統的四書五經來感化一下……

松音看到阮瀠一言難盡的表情，她自知失言，轉而說起別的事情來轉移話題。

日子平靜而美好，誰也想不到今後會掀起什麼波瀾。

確實，前世除了娘親小產以外，沒有發生別的事情。今生由於阮瀠一直關注著家中某些人，還真的發現了隱藏在平靜之下的暗潮洶湧。

阮清最近常常去蘭姨娘那裡，見到那個「好」父親就要挑撥一番。

蘭姨娘最近倒是沒有起什麼么蛾子，不過她娘家的哥哥倒是惹上京中的一個人物，阮謙這些日子以來一直在外為這件事奔走。

另外，經過一個月的抽絲剝繭，阮瀠已經查出娘親院子裡的眼線，除了蘭姨娘之外，還有入府不到一年、平時很低調的瑾姨娘，以及自己那個「好」父親。

呵，母親自從嫁給父親以來，一直謹守規矩從不逾矩，辛辛苦苦地打理內宅，照顧老人，教養子女，沒想到還要讓枕邊人防範，她深深為母親感到不值。

不過想起他後來的所作所為，她也真應該讓母親不要有所期待了，今後還是好好把弟弟生下來，更重要一些。

已經一個月了，母親這一胎也是時候公諸於眾，雖然目標變得明顯，卻也更有利保護母親，至少她現在手中能用的人還不夠，只有讓祖母重視起來，才能最大程度地規避風險。

想到這裡，阮瀠收拾好，就帶著兩個丫鬟去林氏的青鸞院。

由於祖父母還在，母親一直住在離祖母正院最近的院子中。這些年，祖母從未因為母親沒有生出兒子而苛待，婆媳之間的感情可以說很不錯。

「夫人，三小姐來了。」林嬤嬤本來還不相信夫人有孕的事情，現在看著是越來越像了。

只不過三小姐說還不是時候，所以她和雲環還是瞞著這件事。

本來夫人想要幫忙三小姐籌備成婚的事情，也被三小姐以學習掌家為由，將事情攬了過去。這些日子她們精心照顧著夫人，就等著揭曉結果的時候了。

「母親，女兒過來看您，今兒覺得怎麼樣？」阮瀠進門就看到林氏歪在軟榻上，像是在看帳本。

林氏看到女兒來了，撐起最近越發懶怠的身子，朝她招了招手，看著她像一朵嬌花的模樣很是欣喜。

林氏現在還沒有生出嫡子，有這個女兒也是相當知足。女兒不僅知書達禮，長得又美麗動人，就是親事不太理想，不過日子是自己過出來的，憑女兒的人品樣貌，還是有幸福的可能。只要不像自己這樣，與夫君貌合神離就好了。

孟家小子雖然納了妾，卻對女兒有情意在，再加上門第貴重，總之不會受到什麼委屈。

「今日覺得還好，就是身上懶懶的，應該是最近天氣實在有些熱。我剛剛還和林嬤嬤說多擺些冰盆在屋子裡，林嬤嬤還不同意。」林氏狀似抱怨道。

林嬤嬤在一旁討好地陪著笑，手中還端著剛剛燉好的燕窩。

「雲環姊姊，妳去請李大夫來。」阮瀠覺得母親現在有點像小孩子一樣，也不知道是不是有孕會讓情緒有些變化。

「不用吧，前些日子不是看過也說沒什麼事嗎？就是天氣太熱了些。」林氏覺得沒必要麻煩，女兒現在要操心的事情夠多了。

「那都快有一個月了，若沒事也安心不是？」阮瀠堅持道。

林氏還是妥協了，拉著阮瀠說了好多話。女兒就要出閣了，她總擔心女兒今後日子過得不如意，所以有很多事情要囑咐。

阮瀠看著碎碎唸的母親，心中滿是幸福。有真心相待的家人陪伴是一件多麼幸運的事情，上輩子她沒有機會享受天倫之樂，今生她格外珍惜，所以她一定要竭盡所能去保護這些摯愛的人。

不一會兒，雲環就帶著李大夫來了。

搭上脈，李大夫心中就瞭然。本以為是這位世子夫人病情嚴重了，可一診斷就是喜脈，這是好消息，他心中自然也高興。

他知道英國公府的世子夫人，膝下只有美名在外的嫡女，這懷有身孕一診斷出來，他絕對會有豐厚的賞賜。

「恭喜世子夫人，並不是有什麼不好，而是您有將近兩個月的身孕了！」李大夫笑容滿面地恭喜道。

林氏頓時有點呆愣，不是自己聽錯了吧？她有身孕？

一旁的林嬤嬤和雲環已經激動地笑開了，果然如三小姐當初所說，夫人已有了身孕，雖然她們不得而知三小姐的醫術何時這麼精湛了。

此時她們有點慶幸，還好這些日子照顧得精心，否則以夫人這麼大的年紀懷有身孕，若照料不夠周全，以後可是要吃苦頭的。

「這怎麼會呢？李大夫莫不是診錯了吧？」林氏看著女兒和林嬤嬤她們高興的神情，還是覺得有些不真實。

實在是當初生阮瀠的時候，身子有所損傷，她本來就沒有什麼期待，沒想到竟然得知自己現在有身孕了！

李大夫沒有責怪林氏不相信自己的醫術，他能理解她就是被這突如其來的好消息砸暈了。

「千真萬確，雖然月分還是有些淺，但是滑脈無疑。而且夫人這些日子將養得當，只要繼續這樣保養，這胎還是很穩妥的。」

李大夫笑盈盈地在一邊說，其實他是有些納悶，一個月前給這位夫人診脈，雖然沒有診斷出有孕，但身子些微虛弱甚至不健康，沒想到過了短短一個月，竟然比前些日子要好很多。

殊不知，這都是阮瀠的精心調理，她不僅常常過來看望，還用獨門方法為母親調養身體，所以母親才只是覺得懶洋洋的。

林氏終於確定自己真的有孕，高興得不得了，雖然沒有期待過，可是又有一個自己的骨肉，真的是讓她欣喜若狂。

阮瀠看屋子裡的人只知道高興，笑盈盈地吩咐道：「林嬤嬤帶李大夫下去喝茶，並寫好安胎的方子，準備厚禮感謝，雲環去回稟祖母。」

等林嬤嬤將李大夫請到廂房，阮瀠吩咐還在屋子裡的雲柳。

「雲柳還有香衾、暖裯，妳們也去幫忙，待雲環出去，將院門關上，除了李大夫，再不准任何人從院子出去。從現在起，青鸞院只准入不准出，直到我吩咐可以放人出去才行，若是有那不長眼想要鬧的，我非要他們知道規矩怎麼寫。」

阮瀠打算一會兒趁著祖母來，將院子裡那些眼線全都一網打盡，這些日子她也將證據收集齊了。

她是不允許母親身邊再潛伏著一丁點危險的。

老夫人一得知大兒媳有孕的消息，果然立刻帶著身邊親信的僕婦趕到青鸞院。

這可是天大的喜事，關係著英國公府嫡系血脈的大事，雖然老二家有了昭兒，林氏肚裡這一胎也有著非比尋常的意義。

老夫人進了正屋，就看到兒媳婦和孫女在一起親近地交談著什麼。

因為林氏不明白自己懷孕是喜事，自家女兒將要大動干戈的架勢是要幹麼，所以就問了問，她倒不是不相信女兒，主要是阮瀠此時的行為有些突兀。

阮瀠只是簡單地解釋青鸞院裡有別人眼線的事，為了保護好這個孩子，必須要清理乾淨。不過她沒有說得很詳細，主要是事實有些傷人，她只要求母親將這件事情全權交給她來處理。

林氏其實也知道自己的院子有些不乾淨，所以她沒有反對，反而感動於女兒的挺身而出，若是要現在的她來做，實在是有些傷神。

「祖母來了。」阮瀠看到老夫人進來，趕忙起身行禮。

林氏也想要起身行禮，老夫人擺了擺手示意她免禮，滿臉笑容地坐在林氏床前。

「聽大夫說已經兩個月了，覺得怎麼樣？看妳這陣子臉色不好，沒想到是這天大的喜事。」

「勞娘惦記了，媳婦一切都好。李大夫說這胎很穩妥，媳婦的身子也沒有什麼問題。」林氏有點害羞，她都這把年紀了，女兒也要馬上要出嫁，她這時還懷上孩子。

「那就好好養著，我讓老二媳婦先幫妳管著內務，等妳這一胎穩妥了，妳再自己操心，妳現在養好自己的身子和這個孩子才是最重要的。」老夫人拍了拍林氏的手。

林氏笑了。「那就多謝娘體恤，還要辛苦二弟妹了。」

她自然不會在乎管家之權不在自己手中。不說她和二弟妹本來就要好，就連她自己也想好好歇一歇，有人能夠幫自己分擔是再好不過了。

「一家人，說什麼辛苦不辛苦的。」在老夫人心中，眼下最重要的是林氏的身體。見兩人說完正事，阮瀠上前行禮。

「祖母容稟，孫女剛剛和母親正在說一事，前些日子，孫女就覺得母親這院中有些奴才著實是不像話，留心查了查……」阮瀠看了今日跟著老夫人來的都是可信之人，遂繼續說：「母親院裡有些梧桐院那邊的人，還有瑾姨娘的人。孫女想著母親懷上這個孩子不容易，這些人的存在會隨時威脅著母親的安全，所以……」

阮瀠沒有繼續說下去，但是意思已經非常明顯了。

老夫人聽到這裡已經十分震怒了，這些妾室已經把手伸到主母院裡，都怪平日裡她大媳婦性子太軟，縱得這些女人不知分寸。

老夫人最看不慣為了爭寵的陰謀算計，阮瀠的話輕易點燃她的怒火，而且現在林氏懷了孩子，若孫女沒有仔細調查，日後等到這些人動手就什麼都晚了。

「瀠兒，妳查出這些人，可都有證據？」老夫人陰沈著一張臉問。

「當然，絕對不會冤枉任何一個人，都有真憑實據的。」阮瀠自然不會無的放矢，今日既然挑明了，她就是做好萬全的準備。

「把這些人抓起來，也不用拷問了，都直接灌了藥送到人牙子那兒去，至於幕後之人……」老夫人眸中射出懾人的光。

「祖母，孫女認為幕後之人暫時還不適合動，一來今日處理的這些人足夠讓她們心驚了，短時間內應該不會再敢輕舉妄動了；二來現在只是查出她們埋藏眼線，沒有做出什麼事情，就算是處置也沒有辦法真的怎麼樣，主要是父親那裡……」

阮瀠沒有說那個渣爹一定會護著自己的愛妾們，既然不能處理蘭姨娘和瑾姨娘，那就不如暫時放過她們，若是日後她們做什麼，再一併處理，總不會這樣不痛不癢。

老夫人知道孫女說得有道理，所以吩咐劉嬤嬤下去處理那些背主的人。

阮瀠早已經將證據準備好了，劉嬤嬤帶著單子抓人就是。

等看到名單上的人名，劉嬤嬤也是心裡一驚，有的已經在院裡伺候好幾年了，甚至還有兩個二等的丫鬟，真是……

想想那個蘭姨娘果然是個心機深沈的女人……

還有一個竟然是世子的人！

這容不得自己不相信，三小姐提供的證據，讓人無從反駁。

真是不得不佩服，小小年紀竟然做得這麼全面，嫁給孟府那樣的人家真是可惜了，有這心思嫁入皇家也可以。

唉……沒辦法，誰讓世子著實不靠譜，這樣好的閨女竟然用來去報恩，要她說四小姐才是合適的人選。

這邊劉嬤嬤心中感慨，一邊把人都處理了。無論是什麼樣的眼線、做過什麼事情，只要是背主的奴才，在老夫人眼中都是容不得了。

頓時院子裡發出一陣陣的求饒聲和喊叫聲，被抓起來的人自然是慌亂，本想著還可以狡辯或者等自己主子來救，哪想到劉嬤嬤根本沒有給她們這個機會，以迅雷不及掩耳之勢將人都一網打盡了。

而其他沒有被帶走的人也沒想到怎麼就發生這種事了。

「今天都看著點，這就是背主的下場，以後自己該怎麼伺候都知道了嗎？」劉嬤嬤看著剩下的人說道。

眾人點頭，內心都十分恐慌，雖然自己沒做背主的事情，可是也做過一些偷懶嚼舌根這些事。以後可要謹慎了，被拖出去的下場，肯定不會是他們想知道的。

此時屋內氣氛已經逐漸恢復，老夫人平復了情緒。

像他們這樣的人家，有這些事也是難免，最重要的是，林氏並沒受到什麼傷害。阮瀠也確實謹慎，發現不對勁這麼久，直到查清楚才出手，足見這孩子已經逐漸成熟。

林氏在一旁十分欣慰，有這樣一個女兒是自己的福氣，現在她又有一個骨肉，今後她一定要保護好他，還有自己這個女兒。

世子夫人有孕的消息，還有青鸞院內一些背主奴才都被賣出府這件事，到了午膳後才在府中傳開。

眾人對於世子夫人這個年齡還能懷上孩子表示驚訝，也對老夫人的重視有更直觀的了解。

賣出七個家奴，在國公府這樣的人家算是極為不尋常的事，而且都是灌了啞藥。眾人已經知道，從今往後要尊敬世子夫人，畢竟這是整個國公府最矜貴的主子了。

此時的蘭姨娘，手中握著白釉的杯子，手微微發顫。

一定是被發現了，否則她的人不可能全都被賣出府……

相比這個消息，世子夫人懷孕的事對她已經沒有那麼大的影響了，她現在滿腦子想的是該怎麼保住自己。

不知道那些奴才被賣出去前，都說了些什麼？

「不要慌、不要慌，老夫人既然沒有當場請我去對峙，說不定是沒有問出什麼來。」蘭姨娘一手撫上胸口，按住自己那顆怦怦直跳的心臟。

蘭姨娘已經在想，要不要去找老爺求情，謊稱自己是不放心夫人，怕她對自己的兩個孩子起什麼不好的心思，才在青鸞院安插眼線。

但是蘭姨娘想了想，沒有輕舉妄動。

而苑荷院的瑾姨娘也有種大禍臨頭之感，因為她的人也被賣了，此時更是六神無主。她入府才一年，沒兒沒女的，沒有蘭姨娘有底氣，此時嚇得關上門窗自己躲在被窩裡瑟瑟發抖……

所以阮瀠的猜想沒有錯，此時不去懲罰幕後之人，反而比懲罰更要誅心。她就是要膽敢起壞心思的人不安，就是要讓她們體會到那種恐懼和焦慮，這遠遠比直接揭發她們有效果。

等到國公爺和世子回來知道這些消息，也是反應不一。

英國公得知青鸞院有這麼多別人的眼線時，他覺得這個老大媳婦真是有些沒用，竟然被妾室算計到這個地步，又得知此事都是阮瀠調查出來的，備感欣慰，一時之間，情緒十分複雜。

阮寧華則是心理堵得慌，有個嫡出的孩子，感覺有點微妙。

他已經有蘭姨娘所生的謙兒，那時候林氏傷了身子，多年不再生育，他一直將謙兒當作嫡子教養，就想著有機會給蘭姨娘一個平妻的名分，謙兒自然就是嫡子。

可是現在林氏有了孩子，蘭姨娘的名分估計是沒有辦法了。

另外，他安置在青鸞院的人也被賣了，他對於阮瀠的所作所為十分惱火，卻也無法去做什麼，畢竟這件事沒有辦法正大光明地說出口。

礙於禮法，他裝作高興地去青鸞院看望自己的夫人，卻沒想到那個逆女也在，險些崩壞了臉上的表情。

阮瀠看到渣爹來了，也沒興趣再待下去，囑咐娘親好好休息後，就告退了。她臨走之前，還叮囑林嬤嬤她們注意渣爹的行為。

因為渣爹就是最大的危險！

第七章

英國公府因為林氏有孕，也算是喜事臨門，反觀孟家，卻因為陳楚兒有孕而愁上心頭。

一個多月前，唐力就已經行動了，事情進展得頗為順利。

孟母實在不放心自家外甥女一個人住在外面，不僅自己常常去看她，送些吃的、用的之外，也要孟修言常常去探望她。

孟修言本來就聽母親的話，加之對陳楚兒被送出來一事，他一直存有愧疚之感，便常常出入陳楚兒在外頭的小院子。

不用唐力那邊費功夫，很容易就找到機會了，甚至不用買通的人主動做些什麼，陳楚兒那邊自己就行動了，唐力只是讓人弄了假孕的藥，就這麼輕輕鬆鬆地完成了。

原來孟母一直以來氣憤阮家咄咄逼人，又知道阮瀠是一個出身高貴、美貌端莊的大家閨秀，她要兒子納妾的初衷，就是讓陳楚兒先成為兒子的女人，才能穩固地位。

否則讓阮瀠先進門，憑她那張臉和身分，還有兒子早就已經萌動的情意，外甥女還有什麼立足之地？

所以孟母這次就和陳楚兒合謀先成其好事再說，反正這事只有自己一家知道，也不怕像上次一樣惹出軒然大波。

至於孟修言在阮府說守孝幾年的話，那全是孟母的緩兵之計。

唐力得到消息自然就順水推舟，心中還暗暗慶幸，還好阮瀠自己已經不想要這門婚事，也秘密謀劃要退婚了。

這孟家，先不說孟狀元只知道聽母親的話，沒有自己的堅定立場，孟母又是一個愚蠢苛刻的婦人，那個表妹也不是個省心的，嫁入這樣的人家可有苦頭吃呢！

唐力下手是一點猶豫都沒有。

孟母既然那麼喜歡外甥女做自己的兒媳婦，那就別去禍害別人家的閨女了。

那日事成之後，孟修言有過不安，也懷疑是不是母親和表妹故意設局，因為他喝了一杯酒水，怎麼就不知不覺發生這樣子的事情呢！

不過孟母素來霸道，而且還開解自己的兒子，這種事情沒憑沒據的，誰又能知道呢？

孟修言雖然不再多想，不過今後一個月倒是減少走動。

孟母知道兒子心裡不舒服，並沒有說什麼。

這天，陳楚兒一早起來就感覺有些不舒服，唐力買通的丫鬟趕緊勸她去請個大夫瞧一瞧，就這樣陳楚兒發現自己已經有一個月身孕的事情。

陳楚兒頓時覺得六神無主，她和表哥僅僅就一次，怎麼會有孩子了呢？

不過一切都有姨母在呢！她懷的是孟家的孩子，不僅沒有錯處，反而是有功勞呢！

隨即，陳楚兒也不糾結了，趕忙將此事傳給孟母。她知道自己最大的依靠是誰。

孟母剛接到消息也是喜上眉梢，不過一時高興之後，想到在這個節骨眼，若是楚兒懷胎這事傳出去，怕是要真的不好。

還有不到三個月就要嫁娶了，孟母想將這件事隱瞞下去，這段時間只要把楚兒藏得好好的，也不會有人知道。

只是眼下她還在糾結這件事，要不要告訴自己那個傻兒子……

等孟母猶豫著到底要不要說出口的時候，孟狀元納的妾懷了一個月身孕的消息已不脛而走，短時間內傳得人盡皆知。

這自然是唐力的手筆，只有事情人盡皆知了才能達到想要的效果，否則孟家若是悄悄把人藏起來，豈不是一切安排就要落空了？

而且他也安排人從現在開始就盯著那個妾的院子，絕對不會讓人突然間就不見了。

「小姐，我兄長有事求見！」暖禂悄悄地告訴阮瀠。

這段時間都是暖禂的兄長和唐力那邊互通消息。

暖裯是英國公府的家生子，前世是阮瀠的陪嫁，他們一家子也對阮瀠忠心耿耿，暖裯的哥哥忠心穩妥，是一個可用之才。

「帶他去書房等我。」這陣子天氣突然炎熱起來，阮瀠在家都是穿輕薄的常服，實在不適合見人。

等阮瀠換了衣裳過來，暖裯的兄長白春生也剛喝兩口茶。

「就坐著吧！是什麼情況？」阮瀠一入座就問道。

「是孟家那邊傳出那個妾懷了一個月的身孕，而且孟修言和他娘這個月時時去看她，整件事已經在京城傳得沸沸揚揚了。」白春生將唐力提供的情況一五一十說了。

輿論能夠在京城中這麼快發酵，必然是唐力的手筆。

果然是個可用的人才，自己沒有選錯人。

不過眼下也不是想這些事情的時候，去正院求老夫人做主才是正理，而且現在還不能讓母親知道這件事，她怕刺激到母親。還好之前清理過青鸞院了，現在院裡應該不會有人敢亂嚼舌根。

阮瀠吩咐暖裯去青鸞院那邊囑咐林嬤嬤和雲環她們。

她本就有心理準備，剛剛更衣的時候就已經收拾妥當了，她起身就奔著正院而去。

阮瀠覺得自己已經算是行動迅速了，進入正院才發現該在的人都到了。

「瀠兒見過祖父、祖母，父親、二嬸。」阮瀠盈盈一拜。

父親和二叔都是祖母的嫡子，父親因故調回京城，二叔卻常年駐守北疆，所以現在只有二嬸帶著一雙兒女在英國公府內。

「好孩子，快到祖母這兒來。」

老夫人趕忙招手叫阮瀠過來，此次屋內只有這幾個長輩在，阮清和蘭姨娘那種角色是沒有資格參與今天的事情。

阮瀠只感覺祖母疼惜的目光游走在自己身上，祖父面含怒色顯然是氣得不輕。父親臉上有尷尬之色，看樣子是剛剛為孟修言開脫被二老給罵了，此時訥訥不敢言。

這個父親，胸無大志不說，還沒有什麼拿得出手的本領，以往只是在軍中做個不大不小的官，還一時疏忽差點送了性命，全然沒有繼承祖父的文治武功。反而是二叔隨了祖父，現在是駐守北疆、保家衛國的大英雄。

一想起前世自己這個父親，竟然帶著愛妾庶兄逃了，阮瀠就很不屑，剛重生回來的時候，她看到他還覺得恨，此時卻已經無感了。

這個人就是這樣懦弱偏心，卻要在妻女之事上顯示自己的夫綱和父綱，真是可笑！

今生她怎麼樣也不會讓這樣的人擺布自己的人生，而真正至親的人就留給她好好守護。

「瀠兒，想來妳應該也聽到了點風聲，我和妳祖母想要聽聽妳的意見，這畢竟是妳的終身大事。」英國公的語氣有點沈，他真的是被孟家的荒唐氣到了。

本來看孟修言是個有才華的人，上次的事主要是他母親的緣由，英國公才想著算了，沒想到越是讓步，對方越是得寸進尺。

「婚姻之事哪能由她一個女孩子拿主意？」阮寧華一聽自己父親此言就反駁。天下女子哪能置喙自己婚嫁之事？

「你閉嘴！你還有臉說？你看看你選的什麼好親家？瀠兒不是你的女兒嗎？你就這麼想要看她跳進火坑？我告訴你，有我在的一天，瀠兒這樁婚事就由她自己拿主意，她若是願意嫁，咱們家就幫著去料理那個妾；若是不願意，也不能強迫她！」

瀠兒這麼好的女孩子，憑什麼要被孟家這麼對待，憑什麼要承受京中一次次的流言蜚語？

這一次，他是不會容忍這個兒子在其中攪和了。

阮瀠看到祖父為自己出頭的樣子，心中感到溫暖。她從祖母懷中退出來，走到廳中緩緩跪下。

「祖父容稟，孫女是真心想要為孟家伯父的救命之情，結兩姓之好，可是，此次之事，孫女實在不能容忍，著實是孟家人觸碰到孫女的底線了，也著實沒有明著答應卻暗度陳倉的道理。既然孟家公子這麼喜歡那個表妹，孫女還是願意成全的。」阮瀠說著叩首拜了下去。

英國公點了點頭，還好這孩子不是一個糊塗的人，要是她這樣還願意嫁過去，他也算是白為她操心了。

「那就這麼定了，瀠兒讓人去妳母親那裡將訂親信物取來。阮忠你陪著老大去孟府，務必將這樁婚事退了。」英國公自然知道阮寧華偏心庶女，又道：「你要是不退婚，就讓阮清嫁過去替你報恩吧！」

阮寧華雖然暗暗責怪大女兒的決定，可是他著實不敢忤逆父親，只能應下。再說，父親一怒竟然要波及自己最愛的小女兒，他是萬萬不願意。

而且他本來就不想被別人說是背信棄義，現在孟家這樣做，外人也說不出阮家的不是，所以訥訥點頭，準備去辦事。

孟修言在翰林院也聽到傳言了，起初同僚還只是指指點點，後來就有那看熱鬧不嫌事大的人，跑上前來恭喜他要當爹了。

等弄明白到底怎麼回事，孟修言趕忙告了假回家處理這事。

本來還頗為看好他的上司，經過這兩次事情已經對他有了不好的觀感，但不全因為納妾之事，人不風流枉少年嘛！

他是看孟修言連內院之事都處理得一團亂，而且放著英國公府這樣雄厚的岳家不好好巴結著，反而這一齣鬧得這麼難看，也不是個能堪大用的人。

孟修言並不知道這些事情已經逐漸影響他的人生軌跡了。

畢竟上輩子阮家沒有讓陳楚兒遷到外面去住，也就沒有發生接下來的事。

他是怎麼也沒想到事情會發展成這樣，這一個半月來真的發生太多事情了，先是把表妹送去外面的宅子，母親以送各種東西的由頭讓他多去走動。

那一日就是送了東西，留在小院用晚膳，然後鬼使神差地發生了那事！

沒想到就一次，表妹竟然有了身孕，他都有些不敢相信。

此刻，關於他數次送東西和母親去看望表妹，以及表妹有孕的消息，整個京城已經甚囂塵上，幾乎達到人盡皆知的地步。

他真的慌了手腳，不知如何是好。彷彿一切事情都被一隻無形的手，推到一個不可收拾的地步！

一回家看著母親和已經被接回來的表妹，孟修言的頭更疼了。

「娘，這時候讓表妹回來做什麼？」孟修言本來想要和孟母商量對策，沒想到當事人也在，有些話他都沒辦法直接說了。

「你肯定也知道你表妹有孕的消息了，本來娘是想要把你表妹嚴嚴實實地藏起來，可是誰知道哪個殺千刀的將事情傳得到處都是……」孟母說著就越發生氣。

「那咱們該怎麼辦？」

孟修言剛才回來的路上已經聽到不少人的議論，流言已經傳得不成樣子了，不僅僅侷限在表妹有孕上，就連他們家怎麼密謀騙婚之類的陰謀論，都已經被京城的百姓們編出來了。

「所以娘就想著去接你表妹回來，阮家那邊必定也得到消息了，咱們一起商量怎麼辦。」孟母此時終於有一點當家主母的樣子。

「表哥，你不要擔心，若是姊姊不原諒你，楚兒寧可不要這個孩子，甚至楚兒可以離開。」陳楚兒一臉心痛地道。

孟母一聽這話，下意識地袒護外甥女。「楚兒莫要亂說，離開我和修言，妳還要怎麼過活？」

孟修言本來很吃陳楚兒這一套，可是眼下正為了婚事焦頭爛額，他沒興趣看她們在面前一來一往。

「咱們一起去阮家賠禮道歉吧！咱們服服軟，想來這事並不是不可以解決。你也說了，阮瀠是一個和善的姑娘，她不會捨得為難你表妹這樣可憐的女子。」孟母想了想，這次讓她等在家裡實在不放心。

「這……您和表妹去合適嗎？」孟修言還有些猶豫，可是想到上次自己一人面對英國公府眾人，他也有點發怵。

「這樣才更好，到時候你就藉口自己是酒後誤事，楚兒就表現得可憐一點，娘到時候看情況就知道怎麼處理了。」孟母已經初步想好理由，就差臨場發揮了。

孟修言想了想，到底是對母親的信任占了上風。雖然他知道母親更喜歡楚兒，可是也明白阮瀠才是他應該娶的女子，而且有些話自己不方便說，母親就更適合一些，比如自己家的恩情……

於是一家子登上馬車，就奔著英國公府而去。

英國公吩咐阮寧華帶著東西去孟府，人還沒有出正院，就聽到孟修言母子和那個妾來了。

「這還省了咱們家跑一趟。你們將人帶去前院。夫人、老大和我一起過去。瀠兒去把信物取來，讓人送去正房。」

說完，老國公爺就風風火火地出去了，阮寧華也趕忙跟上。

「事情就交給妳祖父和我，妳和妳娘就等著消息。唉，這事妳想想怎麼和她說，一定要她不要激動。」老夫人囑咐完也跟著出去了。

阮瀠急忙帶著管家趕去青鸞院，得知母親正在休息，就召來林嬤嬤，問清楚東西在哪兒，就進房中偷偷地取出來交給管家。

阮瀠就留在青鸞院等消息，一邊想著待會兒怎麼和母親說明，到時候為保穩妥，還是先給母親服用一粒這陣子配的安胎丸。

她其實早就準備著這一天的到來了。

孟母等人看到英國公、國公夫人帶著世子進來，孟修言和陳楚兒趕緊起身行禮。

孟母自認她是國公府的親家夫人，以往與阮家見面也都不需要行大禮，所以這次依然起身微微福了福。

此時劉嬤嬤接到老夫人的眼神，立馬道：「孟夫人怎如此沒有規矩，我們國公爺可是公爺，老夫人也是一品誥命夫人，妳見了人，竟然不行國禮！」

孟母冷不防被個奴才一頓搶白，頓時脹紅了臉，但也知道此時阮家人都在氣頭上，就跪下去行了大禮。

孟修言兩人也趕忙跪下。

英國公看著地上這幾人，尤其剛剛陳楚兒一動作，孟母那個護著胎兒的神情，他更是怒火沖天，想要直接說退婚的事。

老夫人拍了拍他的手，示意他等一會兒看看孟家怎麼說。

英國公克制了自己的脾氣，叫了起身，就坐在主位上不再吭聲。

孟母看氣氛這樣，趕忙主動道歉。「今日上門實在慚愧，都是我的過失，那日讓修言替我去送點東西，沒承想他喝了酒就做下這種錯事，事後修言就愧疚難當，想要來貴府負荊請罪，是我不想把事情再添波瀾才沒有讓他來，怎知發生今日之事。」

孟母一副愧悔的樣子，抬眼見阮家沒人說話，只能繼續道：「我這外甥女身世實在可憐，父母早亡，家裡的族親貪婪狠毒，想要侵占她的家產，還想要將她賣了。我也是實在可憐這個孩子，沒想到竟然發生了這樣的事情。」

此時陳楚兒擺出楚楚可憐的樣子，上前行禮，梨花帶雨地說道：「阮家各位長輩，此事都是因我而起，是我不好……請不要怪罪表哥，他也不是故意的，真的是意外！若是傷害了姊姊，楚兒願意跪求姊姊原諒，怎麼懲罰楚兒都可以，只要姊姊能消氣。」

兩人這話一說，倒是把孟修言的責任撇得乾乾淨淨，而且那姿態就像是阮家提出什麼要求就是欺負人。

老夫人都要氣笑了。

孟母看到外甥女都這般說了，阮家依然沒有表態，趕忙說：「修言跪下，好好和阮家長輩認錯，求他們看在你父親的分上再寬恕你這一回。」

英國公終於看不下去孟家三人這拙劣的戲碼，不僅全程都是在狡辯、裝可憐，最後竟然還攜恩圖報了。

以前真是自家看錯了人，這一家子極品，若瀠兒嫁過去，日子絕對不會好過。

英國公遂不再忍耐，開口阻止孟母說出更不要臉的話。「孟家小子，我此時已經不願意和你掰扯對錯是非。你婚前納妾，還弄出個孩子，既然你母親有種種理由，我們阮家也無意干涉你孟家的血脈。至於你父親的救命之恩，我阮家已經給了京城的宅院和銀兩，老夫承諾今後你及你家人遇到生命之憂，阮家會相助一次，你和阮瀠就退婚吧！管家，把信物和庚帖、訂婚書還給孟夫人。」

英國公也實在不願意對孟家做法大加指責，畢竟救命之恩是真實存在的，他也無須像個市井婦人一般吵鬧，只是理智地說出自己的決定。

孟修言聽到「退婚」一詞大驚失色，連忙想要跪下請求原諒，負荊請罪。

老國公爺一個眼色，管家已經麻利地上前扶住人。

老夫人看到孟母想要張口說什麼，截住了話，語含深意地說：「孟公子莫要行此大禮，此間種種咱們兩家心知肚明，孟家所為，我們阮家不能忍受，不過看在你父親的分上，阮家也不想撕破臉……」

孟母本想要強詞奪理或者再說些什麼，一聽此話也是明白事情無轉圜的餘地，若是自己再糾纏，估計真的要撕破臉了，到時候兒子的仕途必然受到影響。

她此刻才深刻認知到，與自家訂親的國公府是能夠左右兒子未來的人家，以往她被阮家的和氣迷暈了，才沒有顧忌，眼下她也有點恐懼。

還是退了婚吧！自家得了好處，還有英國公的承諾，也算是好結果了。

「這是當初訂親的庚帖和信物，我們阮家退給你。一會兒管家去孟家把阮家的信物和阮瀠的庚帖、訂婚書取回來。各位請回吧，恕不遠送！」老國公爺說完，帶著國公夫人和阮寧華就離開了，根本不給孟修言說話的機會。

孟修言愣在原地，只覺五內俱焚，他意識到自己失去了什麼重要的東西，卻沒有辦法挽回，不僅是這個有力的岳家，更是那樣的女子……

事情是怎麼發展成這樣子的？

彷彿從什麼時候開始，有一雙手推動事情朝向這地步發展！不可控，不可逆！

第八章

孟母看兒子呆愣在廳中，只覺得心疼，更多的是怨懟。她的兒子這麼優秀，堂堂男兒為何要遭受這些屈辱？

「孟公子，請吧！」

阮管家可沒有興趣陪著孟修言在這裡乾站著，想趕緊把信物取回來。誰若嫁了這一家子才是晦氣！三小姐也是命好，婚前孟家就露出馬腳，若是婚後才發現這些事，她也只能接受了。

孟修言也知無法挽回，只能離開阮府。

一路上他的內心頗為煎熬，根本無暇顧及一直想要開口說話的母親，和在一旁默默垂淚的妾室，可是路程就那麼短，一會兒就到了自家府前。

阮管家等在前院，由孟家人去正院拿信物和庚帖。

看著這寬敞的府邸，若是沒有阮家，這家人還在小小的縣城，在京城這麼大的宅子，一般也得三品以上的官員才置辦得起，有些人是一點都不知道珍惜。

阮家對孟家也算仁至義盡了，只是孟家永遠有恃無恐一般。

「娘，將與阮家訂親的信物和阮小姐的庚帖、婚書找出來吧！」孟修言從阮府出來說了第一句話。

孟母看兒子這個樣子，心裡感覺大大不妙。她本來已經接受要退婚的事實，可是看到兒子備受打擊、恍若失去極為重要東西的樣子，她又動搖了。

「要不咱們拖一拖，就說東西一時之間找不到了，過兩日再送過去！」孟母終於想出一個主意。

現在阮家正氣頭上，可能是他們家的表現未讓阮家滿意，明日再讓兒子去負荊請罪，說不得阮家冷靜下來，還願意原諒呢！

若實在不行，楚兒腹中的孩子就……

「娘，行了！阮家已經決心退婚，由不得咱們家不願意，本就是咱們家理虧。現在您滿意了，終於沒有人礙著表妹了！」孟修言看自己的母親又要開始癡纏，終於忍不住心中的怨氣，爆發出來了。

孟母被兒子的話噎住原本的話頭，一雙眼裡滿是不敢置信。

兒子這話是怪自己了？

可是……她都是為了他好啊！還有楚兒那麼可憐，她有什麼錯？照顧自己姊姊留下來的遺孤，給自己兒子納一個解語花，難道也是她的錯了？

明明是阮家得理不饒人，背信棄義呀！怎麼能怪她？

孟修言看著母親現在以指責的眼神看著自己，他只能自己去找信物了。

阮管家等得有些著急的時候，終於看到孟修言出現，拿著當初訂婚的暖玉環、庚帖還有婚書。

檢查無誤後，阮管家也沒有多話，拱拱手就離開了。

孟修言兀自在前院，目送著阮管家離去，心裡彷彿被掏了一個巨大的洞，冷颼颼、空落落的……

待在正院的孟母，相當在意兒子剛才出言不遜，一時怒火中燒。

陳楚兒在一旁柔聲安撫道：「表哥也是心裡不好受，姨母莫要生氣了。」

孟母看外甥女這善解人意的樣子，想到她懷了孩子，不想讓她擔心，就讓丫鬟送她回房。

由於兒子去而未回，孟母直奔前院去看一看情況。

察覺到孟母的到來，孟修言微微抬眸，注視著自己的母親，眸中全是苦痛。

「言兒……」孟母看到兒子的神情，心裡像被重重捶打一般。

「娘還要說什麼？兒子不明白，陳家就那麼重要嗎？為了表妹，您不顧禮法，婚前逼著兒子納妾，好不容易阮家那邊不追究了，您又給兒子使絆子，讓兒子與表妹同房珠胎暗結，不就是想要看到今天的場面嗎？總算退婚了，您滿意了，是不是？」孟修言逼問著自己的母親，彷彿這樣就能為他的心痛找一個出口。

「言兒……你怎麼能這樣和娘說話？娘怎麼滿意了？娘沒有給你下藥呀！娘和你解釋過了，真的不是娘，我沒有想要攪黃阮家的婚約呀……」

孟母聽著兒子的指責只覺得百口莫辯，她真的沒有想過退婚一事，她只是想盡力讓外甥女有一個好的歸宿，對死去的姊姊有一個交代，只想讓兒子身邊能有一個知冷知熱的人。

她見過兒子看著阮瀠的樣子，她知道那種愛慕，可是阮瀠那種大小姐，哪裡會照顧人？所以她覺得楚兒跟了言兒，才是兩全其美的事！

「娘這麼說是將兒子當傻子嗎？您是不想攪黃婚約，不就是吃定父親對阮家的恩情，阮家就要忍著唄？可是娘打錯算盤了，阮家不忍了！」孟修言簡直不能理解母親的想法。

「阮家這是……忘恩負義！這怎麼能怪我！」孟母恨恨地道。

此時孟母彷彿忘了英國公的話，只想撇清自己的責任。

她不能讓兒子怪她呀！她就這麼一個兒子，兒子已經是狀元了，她今後的日子都靠他呢！

「阮家沒有忘恩負義，不說阮家早早就給了豐厚的謝儀，否則以咱們的身家，怎麼能在京城住上這樣的宅子，然後將尊貴的嫡女許嫁？當初皇后娘娘都看好阮瀠的！可是您非要把表妹給兒子，然後讓兒子頻頻去探望，導致現在這個情況。現在京中誰不說阮家應該退婚，英國公還許諾今後孟家有危機，會出手相助！」

孟修言此刻也漸漸從母親的迷霧中清醒過來，剖析出自家做得多麼過分，而阮家又是如何有情有義，他失去的不僅僅是心中摯愛的未婚妻，還有這樣一門好岳家。

孟母如遭雷擊，再也不知道如何反駁！

說完這些，孟修言沒有再與母親理論，徑直回了房間。

退婚對他的打擊太大了，他實在沒有心情去安慰母親。

若是阮瀠知道孟家母子這番對話，也不知道會是什麼樣的心情。

畢竟上輩子孟修言可沒有這番感悟，他在阮家獲得原諒之後，順利娶到阮瀠，阮家不計前嫌的幫助，沒有再提及曾經的不愉快，可是換來的是什麼？

所以說，人性就是如此，擁有的時候永遠不能體會失去，失去的時候才知道什麼是追悔莫及。

此刻，阮瀠也在和林氏說起這門婚事。

阮瀠餵林氏吃了安胎丸才將此事和盤托出。

林氏沒有特別激動，反而流露出一種釋然的情緒。

「也不知道為什麼，自從發生上次的事之後，雖然我時時開解自己，妳會把日子過好，可心裡總是隱隱地揪著，此刻竟然像是突然鬆開了。」林氏撫著肚子慢慢地說。

阮瀠有點驚詫，她以為母親會生氣或者是難過傷心，沒想到是這種反應，而且話裡的意思也讓她感慨，這就是母女連心吧？

「娘親，女兒也是，發生過那樣的事，我就覺得有了心結，認為孟家實在不是良棲之地，可是婚事總是父母之命、媒妁之言，女兒也沒有辦法。今日發生這種事，女兒心中竟然也覺得終於解脫了。」

阮瀠說著自己的感受，果然看到林氏的表情更加放鬆了。

只要女兒覺得幸福快樂，退不退婚的都不重要。她家女兒不僅家世好，人品樣貌可是萬裡挑一，退婚那是孟家沒有福氣。

阮瀠看著母親的樣子，放下心裡的大石。她知道祖父回了正院，就和母親告辭，打算去那邊與長輩們會合。

林氏自知自己現在這個狀況不應該去操心這件事，知道結果就好了。再說有公公婆母在，自然不會虧待了女兒。至於那個夫君，林氏下意識忽略了。

阮瀠從青鸞院出來，直奔正院，一路上已經大致知道這段時間發生的事情了。

到了正院，和長輩們見過禮，就坐在祖母身邊。

剛剛坐定，管家就回來了，也帶回當初訂親的信物和庚帖。

退婚成了！

她終於自由了，再也不會重蹈覆轍！

這只是第一步，卻彷彿是她重生之後真正的新生！

「瀠兒莫要難過了，妳年紀還小，祖父會為妳再尋一門好親事。」

英國公看著孫女捧著退婚的東西，還有婚書，那要哭要笑的表情，只覺得心疼。

阮寧華聽到父親這麼說就覺得憋屈，哪有女兒的婚事要祖父做主的道理，可是他也不敢在這個當口說什麼。

「瀠兒多謝祖父、祖母和各位長輩，瀠兒並不是難過，反而有更多的時間膝下盡孝很是開心。」

阮瀠福禮，真心對祖父母表達感謝，多虧有這樣的家人，她才有機會擺脫命運。

至於祖父說要為自己再尋親事，她稍微有點心虛，畢竟自己已經有心儀之人了，而且立志要嫁過去！

不出兩天，京中已經都知道阮家與孟家退婚的消息，連英國公當天的許諾也都流傳出去了！

百姓們都說，阮家有情有義，只是孟家行事太過分，是孟家沒有福氣，以阮家三小姐這樣的家世人品，實在是不應該明珠暗投！

孟家的所作所為也成為京中婚姻的反面範例，被許多世家所不喜。

當天夜裡，松音看著在廚房裡忙了有一個時辰的娘親，雖然她垂涎欲滴，但是也好奇地歪了歪小腦袋。

「娘親，怎做這麼多的菜呀？」松音沒有忍住好奇，飄到阮瀠的身後問。

「今天娘親高興呀！看看，宮保雞丁、麻婆豆腐、麻辣水煮魚、辣炒牛肉，還有這些……」阮瀠樂呵呵地準備了將近十道菜。

「雖然本仙很喜歡吃辣，但是這紅通通的一片，你們凡人高興也是這樣子嗎？」松音看著娘親和這些火辣辣的菜，覺得有點好奇。

「那倒不是，不過是想著松音喜歡吃。」阮瀠將鍋中剛剛做好的辣爆蝦仁裝盤。

松音也不去深究娘親這麼做的原因了，主要是飯菜太香了，她張開小嘴開始大快朵頤。

阮瀠卻拿一壺酒出來想要小酌一番。

「娘親不是早就安排好退親之事了嗎？退親是必然的，怎這麼高興呀！」

松音知道娘親一定會退了那門親事，以往她催的時候，娘親還不慌不忙，沒想到真成了，娘親會這麼高興。

「寶寶妳知道嗎？重生之後，我是有自己的目標，也有信心透過自己的努力一定會成功，可是真的退親那一刻，我才真正感覺到自己活過來了，才發覺到那種命運握在手中的真實感。」阮瀠一邊喝著酒，一邊傾吐著自己的心聲。

畢竟在這個世界上，這些事阮瀠只有松音這一個聽眾。

松音似懂非懂地點點頭，人的情感和思緒著實是太複雜了些，她從小生活在仙界，接觸的只有醫道，有些事情她還是不太能明白。

不過娘親應該就是像話本中說的那樣，受了太深的情傷吧？

就這樣，一人吃東西，一人喝佳釀。

松音吃飽的時候，阮瀠也醉倒了。

松音無奈地搖搖頭，使出術法將人弄到竹樓二樓的拔步床上，自己也靜靜地依偎過去。

「娘親真是香香的呢！」

「王爺，阿默回來找你了……」

聽著娘親酒醉之後的低喃，松音用肉乎乎的小爪子拍了拍她的頭。

「既然那麼想爹爹，還不快去找他，萬一被哪個女子搶了先，後悔都沒有用吧。」松音小大人似的回應。

不過阮瀠已經熟睡，聽不到自家寶寶的吐槽。

「哦？她退親了？」祁辰逸聽到這個消息竟然有些恍惚。

在大長公主的壽宴上受到阮瀠的出手相救，他本打算去英國公府登門道謝，奈何他現在身子著實不好，上次出門回來就病了，纏綿病榻間也就擱置了。

這些日子他終於查清楚上次的事件是麗妃和五皇子一黨下的手，原因應該與母后有關，畢竟他這個已經失去繼承皇位資格的人，一般沒有人會惦記。

麗妃母子仗著自己是世家大族，在宮中對母后多方挑釁。前些日子，母后找了她的錯處將人禁足，五皇子被此事連累在父皇面前也很不得臉，所以就設計上次的事件，想要讓他吃些苦頭。

祁辰逸自然不會不還手，只是眼下還不是時候。

總要給老四留個這樣不管不顧的對手，自己也少些麻煩。

本想著這些日子就登門，沒想到今日就聽到阮瀠退婚的消息。

一想到那個姑娘，祁辰逸的心臟莫名又有些不尋常的悸動。

「是的，殿下。與阮姑娘訂婚的人家屬實上不了檯面，先是婚前鬧出納妾那件事，兩家約定好將那個妾室送出去一陣子，沒想到竟然弄出個孩子。英國公也不是能隨便欺辱的，當下就決定退親了。」影九將自己知道的情況簡單地匯報給主子。

本來京中這種流言蜚語，王爺是絕對不會感興趣，只是事情涉及到對王爺有恩的阮姑娘，所以他就說了。

「嗯，那暫時還是不要上門叨擾。」祁辰逸忽略自己內心突然迸發出的那一點欣喜，決定還是過一陣子再去英國公府比較好。

祁辰逸想再給阮瀠一些時間去處理自己的情緒，沒想到第二日，阮瀠本人就登門了。

且說阮瀠一起來就看到松音乖乖地依偎在懷中那可愛的模樣，水嫩的皮膚有點透明，纖長捲翹的睫毛，小嘴巴嘟嘟的，怎麼看都可愛。

今日一清醒，她就有點迫不及待地要去王府，心底有一種念頭，讓她壓不住想見到王爺的渴望。

她明知道現在並不是時候，畢竟她剛退婚，待在府中裝難過才是好的選擇。她貿然登門，會不會讓王爺覺得她人品有瑕疵？可是她實在等不及了，前世今生，她從來沒有如此迫切地想要做一件事，索性就如松音所說，不管啦！

阮瀠從空間出去，回到閨房梳洗打扮，身著王爺最喜歡的橙色流光錦交領寬袖衫，下著同色馬面裙，本來在別人身上會顯黑的一身衣衫，卻襯出她的好顏色。

前世她也有一套類似的衣裙，祁辰逸就誇過好看。

梳好髮髻，戴上全套的白玉頭面，阮瀠打算先去母親那裡瞧瞧，然後去和祖母說一聲自己出去散心的事情。

今日不僅要去王府，也要找機會見唐力，將剩下的酬勞給了，順便問問他接下來的打算。

剛出雅芙院沒多久，阮瀠就看到阮清，看樣子應該是要去雅芙院找她。

果然，阮清也看到她了。

「姊姊，妹妹正要找妳一起去給祖母請安呢！」

以往兩人感情好的時候會一起去跟長輩請安，不過重生回來之後，阮瀠開始疏遠阮清，阮清也甚少這樣往前湊了。

今日八成是聽說她退婚的消息，想要看看她有沒有為伊消得人憔悴吧？

阮清確實是如此打算的，不過看著眼前不復以往溫婉素雅打扮的阮瀠，身著如此出眾的顏色，反而襯得整個人豔光四射又不顯俗氣，讓人更加移不開眼睛，她就覺得自己的心像是被下鍋煎了一般。

竟然沒有見到阮瀠一蹶不振的樣子，反而神采飛揚！

上次孟修言納妾，她不是很傷心嗎？怎麼這次發生這種事情，她反而像全不在意一樣？

就算不在乎孟修言，畢竟也是退過一次婚的姑娘，怎麼會如此神采奕奕呢？

「妹妹可是有心了，不過我要先去青鸞院。母親懷了身孕，等我去看過母親，就去祖母那裡。」阮瀠可不想和這個庶妹一起走，說出自己本來的目的地。

以庶妹表面恭順實則嫉妒心強的性子，應該不會想要去青鸞院，畢竟那提醒著她，大哥阮謙可能不是英國公世子唯一的兒子了，若真是個男孩，蘭姨娘母子三人的地位可就沒有現在這般牢固了。

果然，阮清的面容扭曲了一下，眼中射出的嫉妒和惡毒的眼神，雖然只有一瞬間，可是阮瀠捕捉到了。

阮瀠就是故意這麼說的，現在阮清的城府並沒有前世後來那般深沈，而蘭姨娘過於老道，所以阮瀠若是想要試探，只能從阮清這裡下手。

雖然剛剛清出去一些眼線，她們現在不敢有什麼動作，但也要觀察她們是不是收到她的警告，真的知道怕了。

看樣子並沒有呢！那麼，今後她可不會手下留情了。

「那姊姊去母親那裡吧！妹妹還是先去祖母那裡等姊姊。」阮清臉色不自然地說道。

阮瀠自然應下，看著阮清的背影，微微一笑。

香衾和暖裯看到小姐平日素來帶笑的桃花眸，此時黑沈沈地盯著四小姐，就知道小姐和四小姐之間是再也回不到以前了。

兩位小姐算是從小一起長大，小姐素來對四小姐頗為照顧，如今兩人漸行漸遠，也只能說是人心隔肚皮，或者也可以說，終究不是一個娘養的。

這樣也好，四小姐委實太愛占便宜，小心思也多，自家小姐這個選擇也是明智。

兩個聰慧的丫鬟互相看了看，沒有說話。

阮瀠沒有察覺到兩個丫鬟的心思，收回目光，堅定地往青鸞院而去。

此生，她在乎的所有人，她都會盡力去守護。

到了青鸞院，得知母親沒有受到她退親之事的影響，就像是她昨日說的那樣，真的是釋然和解脫的感覺。

阮瀠很高興，今生不僅擺脫前世嫁入孟家的命運，還沒有因為不相關的人影響自己最在乎的人，真好！

得知阮瀠一會兒要出去，林氏沒有阻攔。現在她想明白了，女兒的快樂是最重要的，以後她終要嫁為人婦困於內宅，趁著當姑娘的時候多出去走動、見識一番也好。

老夫人更沒有那些要把女孩子困在家中的想法，等阮瀠去正院一提，就准許了。

看著一旁阮清羨慕的樣子，阮瀠也只是看了看並不說話。

被她纏上來就不好了！

第九章

乘一頂軟轎出門，阮瀠走的是側門，沒等走到巷子口，就被衝出來的人攔轎了。

因為停得突然，轎身晃動，阮瀠也被晃得一歪，險些栽跟頭。

還沒有等她詢問何事，就聽到香衾與人說話的聲音。

而那聲音，就算是化成灰，阮瀠也能認得出來。

正是孟修言！

原來昨日雖然孟修言接受了退婚，回到書房卻怎麼樣也定不下心來，既覺得心痛，又覺得委屈！

他也不是故意的，都是娘親自作主張，至於後來發生的事，他更是被設計的。

孟修言覺得因為這些不是自己做的事，卻要失去那樣好的親事，那種壓抑感簡直要逼瘋他了！

他突然想到，是英國公做主退婚，當時阮瀠根本沒有出現，那麼說明不是阮瀠的意思，他心中突然湧現出一絲絲的希望來。

想起一個多月前，阮小姐對他的聲聲質問，正說明她有多麼在乎他。那麼此次退親說不定她也是不贊成，可又不能反抗長輩們的意思。

他要去和她解釋清楚，真的不是他的錯……不！他錯在太輕信家人了。

他要告訴她，他心裡只有她，請她重新接受他！

所以孟修言今日一早，買通英國公府一個廚房採買的下人，想著有機會能夠單獨見一見阮瀠。

本想著這段時間阮瀠並不會出門，需要等一陣子，沒想到這麼快就得到阮瀠今日外出的消息。

孟修言早早等在角門這邊的巷子口，看到阮瀠身邊的兩個大丫鬟，他才衝出來！

「公子這般行事可是於禮不合，還請莫要往前了！」雖然用詞有禮，阮瀠卻能聽出香衾語氣中不耐的情緒。

「在下與妳家小姐還有些事情沒有解釋清楚，請香衾姑娘行個方便！」孟修言行了個禮。

看著他依然那副彬彬有禮、芝蘭玉樹的樣子，香衾都想啐一口在他臉上。長得人模人樣，辦的可不是人事。她香衾也曾錯看過，把這種道貌岸然的人當成良人。現在看他，就算給自家小姐提鞋都不配。

「孟公子還是請回吧！男未婚……啊，不對，孟公子可是家室、孩子都有了。我們姑娘還是待字閨中的閨秀，可不方便和公子說話！」香衾控制住自己欲啐他的想法，嘴上的話就沒有那麼中聽了。

阮瀠在轎中聽到香衾的話，會心地笑了笑。

她確實一點都不想再見到那張讓人噁心的臉，雖然前世自己的慘烈遭遇大多都是孟母張氏和陳楚兒所為，可是孟修言也不是什麼良配，他無原則地聽母親的話，不分是非，根本沒有一點擔當。這樣的人，即便前世不是他下的手，她也恨透了他。沒有他無底線的縱容，張氏和陳楚兒也做不出那樣的事情。

當她遭到毀容、毒啞，被扔在城外廢墟中奄奄一息時，孟母還得意地誇獎陳楚兒的主意好，不僅除掉了這個討厭的媳婦，還把孟家摘出去，不會影響孟修言的前程云云。阮瀠就心疼自己那兩年花出去如流水般的銀錢，沒有那些銀錢，孟修言仕途能如此順利？

今生她要看看孟家有什麼能力，栽培孟修言走出去。

阮瀠一瞬間思緒有些飄遠，卻被一個大聲的喊叫拉回思緒。

「阮小姐，我是孟修言呀！我有話想要和妳當面解釋清楚！」

香衾看著眼前連一點體面都不要的人，還好這條巷子就只有英國公府一戶人家出入，正巧沒什麼人經過，否則他自己不要臉，自家小姐還怕被帶累名聲。

香衾剛要不客氣地驅趕人，就聽到自家小姐悅耳的聲音從轎子中傳出來。

「香衾，讓孟狀元說就是，孟狀元怎麼樣也是朝廷命官，還是個讀書人，應該會守禮。」話是這麼說，人卻沒有出轎子的意思。

孟修言看到這個情況，聽到阮瀠的話，只覺得羞得臉紅，又看到轎夫和香衾、暖裯兩個大丫鬟在一旁守著，也覺得十分尷尬。

可是不把握住這個千載難逢的機會，以後八成是不可能了，所以按捺住心中羞憤欲死的感覺，他只能硬著頭皮地說道：「在下是來跟小姐道歉的，都是我們孟家對不起小姐……」

孟修言想先表現出自己誠懇的態度，緩和一下氣氛，才好再說別的。

「道歉的話，孟狀元就不必說了，我也不想聽這些。孟狀元若是專程來道歉那大可不必，兩家已經退婚，以後婚嫁也不相干，再怎麼說孟伯父也救了我父親，我不會耿耿於懷。」聽著孟修言那些假惺惺的話，阮瀠只覺得早膳都要嘔出來，趕忙阻止道。

「不是，我還有別的話要說……此次我表妹有身孕真的是個意外，母親讓我去送點東西，我喝了一杯酒就迷迷糊糊做下錯事，這真的不是我本意，我……」孟修言聽著阮瀠冷淡的口氣，趕忙將自己的解釋說出來。

他真的是無辜的，都是母親和表妹的算計！

他還想說那事發生之後，他再也沒有去那個院子；他還想說他心裡就只有阮瀠一個女子，他傾慕她的美貌與才華……

「孟狀元！你與表妹的事情，和我無關，我希望你還有點讀書人的自尊，不要和一個未婚女子在街上談論你自己的房中之事，你自己不嫌丟人，我可是嫌污了耳朵。」

阮瀠沒想到孟修言竟然跑來和自己說這種事，他怎麼好意思？

此時阮瀠都在想，要不要像松音說的那樣，一把藥粉徹底堵住他那張臭嘴。

而且聽著這番話，阮瀠心中更加不齒。出事情就把責任推到別人身上，彷彿都是別人的錯，他一點問題也沒有。一想到自己前世嫁給這樣的人，她簡直噁心得受不了，恨不得他當場消失。

此時，暖裯兩人也不再一旁看著，上前要趕走孟修言。

阮瀠平復好情緒，掀起轎子的小簾子，露出一張美麗絕倫的芙蓉面，眼神帶著鄙夷地落在幾步之遠的孟修言身上。

「另外，孟狀元，令表妹已經是你的良妾，而且還懷有你的骨肉，你對外可不好再稱呼她表妹才是！」

本來阮瀠不欲露面，這句話是上輩子阮瀠就想要告訴孟修言，兩人一個表妹一個表哥叫得親熱，讓人聽了實在倒胃口。

說罷，阮瀠就放下小簾子，讓轎夫起轎。

孟修言此時愣在原地，被阮瀠剛剛露出的面容晃了神。

他知道自己曾經的未婚妻是京中第一美人，可是她素來打扮得清雅，從未像今日這般顏色鮮豔，襯得她精緻的五官更加散發出一種奪人心魄的美！

這種美，他孟修言失去了！

從今日寥寥幾句話，孟修言就知道昨日他的想法簡直可笑，阮瀠不僅沒有不想退親，還十分厭惡他，說不定這退親是她要求的。

他本想今日解釋清楚，以阮瀠的善解人意，也許會原諒他，回家去求長輩，就算長輩反對，大不了他先帶著人私奔！

他甚至想和她承諾，只要她不喜歡，表妹那個孩子可以不要，或者生下來就遠遠地送走。娘若是反對，他會抗爭到底，可是他還沒有機會說這些，就已經明白阮瀠毫不留戀。

看著轉出巷子的軟轎，孟修言不得不正視，這親事真的退了，從此真的是男婚女嫁，各不相干了。

可是……他的心就像是丟失了什麼重要的東西，空蕩蕩的，以至於人一直呆呆立在英國公府轉角門口。

直到有人出入才驚醒他狼狽地退走，他到了街上又不知道去往何處，現在他實在不願意回去孟府，想了想就去為陳楚兒買下的小院子。

另一廂，阮瀠出了巷子，就一直聽到香衾在那裡念叨「晦氣」，就連本來不太多言的暖裯也在一旁吐槽。

看著兩個忠心丫鬟的可愛表現，阮瀠安撫道：「何必為了不相干的人生氣？沒得氣壞了身子，人家也不會替妳出銀子！」

「小姐還這麼雲淡風輕，奴婢都要被噁心死了！他哪來的臉再踏入咱們國公府的地界？誰給他信心讓他好意思說出那些話？委屈巴巴的樣子就像是……」香衾就覺得孟修言那個樣子特別熟悉。

暖裯在一旁接話。「就像是李尚書家那個庶女，明明她把茶盞摔到別人身上，還故作可憐地說『對不起，我不是故意的，我只是……我沒想到怎麼會這樣』……」

看著素來穩重的暖裯學得唯妙唯肖的樣子，阮瀠忍不住噗哧笑了出來。

香衾在一旁附和道：「對對對……就是這個樣子，簡直一模一樣！」

此時一笑，把剛剛被孟修言弄壞的心情和前世的陰霾統統驅散了，彷彿那些事不再重要。這些鮮活的人、鮮活的日子才是真實的，也是眼下她最應該把握的！

想到今天的真正目的，阮瀠重新整理好心情。

「去璟榮大街……」

璟榮大街以「璟王府」命名，整條街就它一座府邸。

把跟來的轎夫安排好，阮瀠帶著兩個丫鬟直接去璟王府。

香衾上前讓門房通報了，此時阮瀠有點後悔自己沒有提前遞帖子。

不一會兒，竟然是慶源親自來接待。

阮瀠前世在王爺身邊多年，凡是璟王爺真正重視的人，才會由慶源前來親自迎接。

收到阮三姑娘來王府拜訪的消息，祁辰逸很是驚訝，本來應該由他去英國公府，奈何她剛剛退婚，想來並不方便。

沒想到她自己卻來了，難道是有何事需要自己相助？

想到這個可能，祁辰逸趕忙讓慶源去接人，他自己則去更衣。

一行人進了王府，香衾兩人好奇地張望著。

這可是璟王府，要知道京城大多數人都沒來過，畢竟璟王爺受傷之後才封王賜府邸，既沒有舉辦過宴會，也很少招待什麼客人。

王府寬敞大氣，處處彰顯皇家威儀，卻不是阮瀠前世進府時的樣子，也不像後來她打理的攝政王府，此時的璟王府雖然華麗，卻讓人感覺冷清。

她知道王爺不喜歡這樣的地方，卻沒有改造它，可見現在的王爺一定還沈浸在腿傷的心結之中，無心其他。
「小姐來得突然，王府沒什麼準備。王爺讓奴才先帶您去會客廳，他換了衣裳就過來。」慶源在前面帶路，一邊解釋道。
「本就是我唐突了！」阮瀠的思緒被拉回來，心口還是有些悶悶的。
前世的此刻，她並不認識王爺，想來此時正是他人生的最低谷，一定很難熬！
到了會客廳，丫鬟們上了茶點，璟王爺更完衣，阮瀠看見影九推著人從院中而來。
她終於有機會好好看一看王爺，他原本身姿頎長挺拔，五官極為精緻立體，眉濃黑如墨，狹長的鳳眸盛著冷光又深邃，高挺的鼻梁恍若刀削，薄唇緊抿，讓人覺得他在生氣……
即便這樣，他原是京城眾閨秀最想嫁之人！
祁辰逸一進門就感覺到一道目光，自從他受傷回京以來，人們要麼是隱晦的打量，要麼是明目張膽的挑釁和不屑，這種直接的目光還是少有。尤其這道目光，讓他感覺到這個人在思念著什麼，上次他就有種阮姑娘透過他看別人的錯覺。
「殿下安好。冒昧打擾，希望王爺莫要見怪。」阮瀠起身行禮，此行確實有點唐突。
「阮姑娘不用客氣，慶源帶著人下去吧！」祁辰逸認定阮瀠這個時候來找自己必然是有事相求，所以為了避免尷尬，還是不要留這些人在。

阮瀠有點怔住，自己接下來所說的事不適合有人在場，她本來一會兒也要提。

王爺什麼時候如此善解人意了？

阮瀠沒有多琢磨，也讓香衾兩人去外面守著，自己接下來說的事，最好就兩人知道比較好。並不是誰不可信，只是事關重大。

看著慶源走在最後掩上門，祁辰逸將目光專注於阮瀠。

今日阮姑娘這身打扮著實亮眼，不僅沒有退親之後的沮喪之感，又……恰好是他最喜歡的樣子！

這樣容光煥發的人，著實不像是被什麼事情所困擾的樣子。

祁辰逸默默地觀察，等著阮瀠開口。

「王爺這些日子身體好些了嗎？」看著眼前人還是略顯蒼白的臉色，阮瀠忍不住關心地問道。

雖然上輩子他們天人永隔，可是實際算起來，從她死後到重生，至今也就幾個月的時間，很多舊時的習慣她還是改不了。她克制住自己想要上前去遞杯溫熱的茶。

「本王好些了，本想著早日去府上道謝，卻是病了，眼下才好些……」祁辰逸不知道自己為何要解釋。

阮灤自然看出他好像誤會了，卻也想起今日的正事。

「王爺勿怪，今日前來，是有一事……」阮灤想著還是直奔主題，否則自己會忍不住洶湧的思念。

「阮小姐但說無妨，有本王能幫忙的必定幫。」祁辰逸意識到自己剛才奇怪的行為。

既然阮灤有事，他也可以趁此機會，報了前些日子欠下的人情。

「那臣女就直說了，臣女會些醫術，想要給王爺看看腿上的傷。」阮灤說明來意。

祁辰逸此時不知道該說些什麼好，沒想到這位阮姑娘退親第二日就趕來王府，竟然是為了替他看腿？

「臣女也知道自己這個請求有些荒誕，但臣女私下研究醫術很久了，讀過許多醫書……」阮灤不太知道怎麼說服祁辰逸，讓他相信自己的醫術，畢竟這得來的本事實在無法宣之於口。

看著眼前人有些侷促的樣子，祁辰逸竟鬼使神差地點了頭。

阮灤驚喜得眼睛都亮了起來。

王爺依然是那樣善良，雖然人人都說璟王爺腿傷之後，性情大變，脾氣古怪，但是她知道王爺不是那樣子！

阮瀠上前把脈，神情變得有些微妙。

「可以看下王爺的腿傷嗎？」阮瀠神情嚴肅。

祁辰逸看著神色認真的小姑娘，有點認命地點點頭。

一個大家閨秀怎麼就不注意男女大防？

看著她敲敲揉揉捏捏，和以往給自己看腿的名醫一樣的步驟，可是那雙柔嫩的小手做起來就是讓人感覺很……

為了掩飾自己的不自在，又看阮瀠認真診治的樣子，祁辰逸問道：「怎麼樣，看出什麼來了？」

「王爺是中毒了，此毒名為『乞玄』，原是我朝西南一個名叫玄遠寨研製出的一種奇毒，原是百年之前的事，沒想到在王爺身上發現了。此毒無色無味，甚是隱秘，也只會在陰雨天氣發作起來癢痛難忍，讓人難以站立……」

阮瀠也是震驚，前世王爺不知道看了多少大夫，沒有一人說是中毒。她本來以為是因為腿傷難治好，沒想到自己一番檢查竟然得出這樣的結論。

要不是見識松音的本事，吸收了廣博的醫學知識，她可能也無法判斷出這種奇毒！

祁辰逸聽到阮瀠的話也震驚得張大瞳孔。自從受傷之後，所有大夫都說他是傷到根本，傷難治好，無論名醫還是神醫都束手無策。

雖然他的症狀確實有點古怪，然而時而鑽心的疼痛感，實在不太正常。

看著眼前的姑娘明明沒有一點在外的名聲，卻很確定自己是中毒了，而且將此毒來歷都說得清清楚楚，自己應該相信她嗎？

「妳既然說本王是中毒了，那妳能治？」

「此毒極其霸道，而且已經深入骨髓，需要大量的時間去醫治，治療過程痛苦並且需要王爺全力配合。」阮瀠並不懷疑自己得出的結論，因為王爺的症狀和脈象完全就是中了那毒，這也能解釋為何上輩子那麼多人都沒有辦法治好，而王爺卻承受了諸多折磨。

「看來妳很有信心？妳也說這種毒很罕見，就這麼敢給本王治療了？若真是出了什麼事，妳和妳的家族擔得起？」祁辰逸直覺上相信阮瀠的話，但他著實想不通她怎麼會治療這種奇毒，而且她今日上門看起來怪極了。

可是她若想害他，上次為何要伸出援手？

祁辰逸盯著阮瀠的眼睛，澄澈不含雜質，眸光中夾雜著一種難言的情緒。

「臣女今日來還有另外一件事。」阮瀠沒有回答祁辰逸的話，反而提起今日來的另一個目的。

看著祁辰逸疑惑地挑眉，阮瀠鼓起勇氣繼續說下去。

「臣女想要入王府，做您的側妃也好。」

阮瀠當然想要做王妃，可是前世祁辰逸一直沒有娶王妃，她不知道到底是為什麼，所以她不敢冒險。好不容易走到今日這一步，不想為了那點貪心失去最好的機會，她只要陪著他就好，這已經比前世好多了。

祁辰逸緊盯著眼前女子的神情，本以為她提起另一件事是想要提什麼交換條件，沒想到是這樣的要求。

「為什麼？」祁辰逸不得不問明原因。

「臣女退婚後就想明白了，不想被家裡隨便安排一樁婚事，不知道對方人品如何，嫁過去困於後宅，今後過得如何，完全被別人所左右！」阮瀠拿出早已經想好的說詞。

「那阮小姐為何選擇本王？」祁辰逸疑惑。

她的理由和入王府有什麼關係？

「一來王爺是臣女年少時心中的大英雄，試問當時誰不愛慕王爺？二來臣女有信心治好王爺，有了這層關係在，相信王爺此生絕不會虧待臣女，甚至以後臣女娘家有什麼事，王爺也不會袖手旁觀。」阮瀠繼續解釋。

「妳倒是夠直白。」祁辰逸失笑。

哪家閨秀會和一個男人如此分析自己的心思？

「本王需要一段時間考慮一下。」祁辰逸已經有些相信阮瀠的說法，尤其第一個理由有點觸動他的心！

「那是自然，臣女等王爺的消息！」阮瀠看祁辰逸沒有直接拒絕，知道有機會，也不多說，起身告辭。

出去依然是慶源送她，態度恭謹。

第十章

離開王府，阮瀠轉而去宣化大街的小院子，唐力早早等在那裡。

「阮小姐，幸不辱命。」唐力上前來見禮。

阮瀠看著此時已經不復狼狽的唐力，在心裡點點頭。

有些人就是這樣，只要給他機會，就會把日子過好。

「這次多虧了唐兄弟，否則也不可能這麼順利地退婚。咱們的交易也算是完成了，這是給你的酬勞。」阮瀠將早就準備好的銀票遞過去。

唐力連連推辭。「我也沒做什麼，一切還是小姐運氣好，孟家那個老太太和妾室自己要手段，我也就是順水推舟罷了，再拿小姐的銀錢實在受之有愧，您最初給的銀票就夠了。」

阮瀠堅持道：「唐兄弟，拿著吧！這本就是咱們約定好的，另外大娘的病短不了銀錢，還是莫要推辭了。」

接下來阮瀠問了唐力的打算，知曉其願意為她效力，心裡暗暗高興。

「我暫時也沒有別的事情，我在這條街上有個鋪面快要到租期了，到時候我準備收回來自己開一家藥鋪，你這陣子就好好準備，到時候要忙活的事情還很多。」

阮瀠叮囑他最近留意一下孟府的事，今日孟修言的出現也算是給她一個提醒，那家人腦子都不太正常，防著點沒有壞處。

另外，還約定下次出門去給唐母看病，雖然她已經逐漸好轉，但還是需要複診。

從小院出來後，阮瀠買些祖母她們愛吃的糕點就打道回府了。

回府後，卸去釵環，阮瀠著一身秋香色常服在閨房內書畫，讓下人將東西送去各處。至於松音的部分，她早就悄悄送到空間中。

香衾、暖裯就在門外廊下做著針線。

微風習習，蟬鳴陣陣，窗前掛著的珠串隨風微微搖曳擺動，撞出細碎的聲響。

阮瀠正在研究整個治療方案，雖然祁辰逸仍在考慮，但她最為惦念此事。無論祁辰逸是否同意，她都會為其治療。

與此同時，祁辰逸思考了許久，終於叫來影九。

「去查一查最近阮三姑娘接觸過什麼人，有沒有發生什麼奇怪的事。」

經過一下午的思考，他基本上相信阮瀠的話，但不好好調查一番，他真的難釋心疑。

最關鍵的一點，他總覺得這個阮姑娘有些奇怪，不是行為奇怪，而是那種若有若無的親近，對自己莫名關心。

他確定兩人沒有交集，這些情緒就很突兀。若是如她所說，對自己心生愛慕，也委實不應該是那種表現。

而且她要求入府一事更是蹊蹺，明明是他得到更大的實惠，而阮瀠能得到的根本算不得什麼。

若是影九去調查沒有問題，他能夠迎娶這樣一位女子也算是自己的福氣？即便她的醫術並不能為他解除困擾，自己也不吃虧不是嗎？

而且側妃之位，著實是委屈她了。

此時，不僅僅是祁辰逸惦記著阮瀠的婚事，阮清和蘭姨娘也在默默籌謀著。

青鸞院那邊，蘭姨娘現在不敢妄動，畢竟老夫人看重林氏這一胎，她又被阮瀠清理出那麼多自己的人手，現在還猶如驚弓之鳥。

可是阮瀠卻不同，阮瀠此次退婚，算是礙著本來唯一沒有婚事的阮清，只要有她在，阮清的婚事注定更為艱難。

她們母女倆不能針對林氏肚裡那個，但總能在阮瀠的婚事上做文章。

所以她們密謀說服阮寧華，將阮瀠許配給武陵伯家的世子。

武陵伯家雖然權勢不如英國公府，可是著實有錢，更重要的是那個世子喜愛美色，而且性情暴虐，不過外人都不知道罷了。

若是成了，也不是像孟家那樣說退婚就能退婚，畢竟武陵伯家嫡女是當今的惠妃娘娘，七皇子的生母呢！

到了晚膳時候，老夫人讓人傳阮瀠過去用膳。

阮瀠收拾好去正院請安，正趕上老夫人與林氏商量外出的事。

「今年天氣真熱，看這陣子各家都沒有什麼大事，不妨帶著瀠兒去華安寺上香，那兒處在叢林之中，想來十分涼快。之後我們也去莊子裡住兩天，帶著孩子散散心。只是妳現在身子不便，不能去了。」

老夫人倚靠在榻上，她身子骨雖然一直以來算是硬朗，但在這種天氣下也是懶洋洋的。

「母親說得極是，兒媳趕緊讓人安排著。至於我，就在府中等著妳們回來。」林氏笑盈盈地應道。

林氏也看出婆母這些日子在京中不適，無奈自己現下有孕不能挪動，婆母的打算正合她意，自家女兒今年的運道確實不好，需要去寺裡上香求佛祖保佑。此行去華安寺正合適，給女兒求籤，也順便求姻緣。

阮瀠在一旁看著心中感動，她自然知道祖母安排這些事，明面上說是避暑，暗地裡可算是為她考慮。在大熱天出門，委實是一番慈愛之心。

而青鸞院那邊，祖母已經安排好人，她也有部署，想來出去十天半個月也無礙。阮瀠確實想要出去走走，去王府一趟之後，她總是想知道結果，心裡亂亂的，眼下正需要些事情去分散她的注意力。

這邊正在商談此行事宜，那邊比較寡言的阮清卻站起來行了禮。

「祖母容稟，孫女這些日子身子有些不適，此行不能陪著祖母去寺中，委實心中有愧，不能盡孝於膝前。」阮清細聲細氣地說，滿臉的愧疚之色。

阮瀠卻感覺出她的異樣，畢竟阮清素來積極參與，今日竟然自己提出不去了？她心中暗暗警惕，準備去華安寺事宜之外，也要安排人注意阮清的一舉一動，別是在醞釀什麼壞主意才好。

確實如阮瀠所料，阮清就是故意不去的。她想正好趁著祖母和阮瀠這些人不在，和姨娘兩個好好使力，讓父親謀劃阮瀠的婚事。

至於林氏在府中倒是無所謂，這位嫡母在父親面前從來沒有什麼話語權。再說，祖母此行去華安寺本來就是為了阮瀠，眼下有更重要的事情要做，這大熱天的，她就不跟著湊熱鬧了。

老夫人看著阮清一時沒說話。往常這種事情，阮清是絕對會跟著去，不說在長輩面前裝孝順，她也樂得出門走動。

雖然這番說詞並不尋常，不過這次就是為了讓阮瀠散心，兩姊妹最近這些日子疏遠了不少，阮清又以身體不適為由，也著實沒必要她跟去。

「嗯，身子不適就別去了，讓妳姨娘請大夫替妳看看！」老夫人終於發話。

阮清心中終於安定下來，她謝過老夫人，也沒有理由繼續留下去，以身體不適為由先告辭離開了，她可沒有興趣聽屋內人商量接下來的行程。

老夫人、阮瀠和二夫人決定此次出行不帶那麼多奴僕，莊子裡自然有人服侍，而林氏就留在府中安胎。

商量了一應事情，定下後日出行。

阮瀠回到雅芙院，將兩個大丫鬟叫進屋。

「此行祖母不想帶太多人服侍，阮清此行不去，我想應該是有些不對勁，所以就香衾和我一起去，暖裯留下來，妳和妳兄長這段日子好好盯著阮清，別讓她起什麼么蛾子，有事情速速傳信給我。」

阮瀠怎麼想就是覺得阮清不對勁，所以將素來穩妥的暖裯留下來。

畢竟此行一來一回，去華安寺和莊子，半個月才能回來，這麼長的時間，萬一出點什麼事情，也真是不好辦。

一想到這裡，阮瀠還是覺得不放心。

「若事情實在緊急，來不及給莊子那邊傳信，就讓妳兄長去找璟王爺幫忙。」

現在阮瀠唯一想到能幫忙的人竟然是璟王爺！

明明祖父也在家，但是她下意識還是覺得應該去找璟王爺。

祖父雖然愛護她，可是有時候長輩的想法……

暖裯一一答應下來，心中並沒有不能和主子一起出門的不滿，相反地，她知道主子這是出於對自己的信任，也是對他們一家的信任，所以才將此事交給她，她下定決心不會辜負這份信任。

香衾在一邊靜靜聽著，心裡盤算著帶什麼東西過去，可不能讓她家小姐感覺不適。

阮瀠安排好阮清的事，就讓兩人下去準備。後日出發，時間雖寬裕，可是要帶的東西也多，畢竟要去挺久的。

最關鍵的是，她也準備將一些十分重要的東西放到空間裡隨身帶著，尤其是退婚時候拿回來的信物、庚帖之物。

這些本應該由林氏收著，她也是軟磨硬泡才將這些弄到自己手上。

還好母親心疼她也慣著她，要不這些東西不放在自己手中，她不放心！

是夜，進了空間，阮瀠一下子就怔住了，然後飛快地奔向小竹樓。

「松音……」阮瀠心中止不住一陣心慌。

「娘親！」身後是松音熟悉的奶聲奶氣。

阮瀠迅速回過頭去，看到小松音變得凝實一些的魂魄。

「這是發生什麼了？」阮瀠喃喃問道。

松音看著自家娘親那迷濛的表情，無奈地翻了個白眼，眼神裡赤裸裸地寫著「沒見過世面」五個大字。

「本仙不是說過，娘親和爹爹待在一起，血緣之力會讓我逐漸恢復嘛！今日妳和爹爹待在一起，本仙吸收了一些血緣之力，修為恢復到兩成，空間也隨之恢復一點點。」松音解釋道。

聽到這些情況，阮瀠總算明白一進空間就感覺到的變化，她還以為是發生什麼變故，沒想到都是好事。

「以這個速度發展下去，松音應該很快就能完全恢復了。」

今天她也就和王爺待了將近一個時辰，竟然有這樣好的效果，今後若是入了王府……

「怎麼可能？這是最開始，需要的血緣之力比較少，越往後需要的血緣之力是龐大的。」

松音其實想說，之後需要的血緣之力也越濃厚，不只是需要兩個人相處，更重要的是彼此之間的感情必須濃烈。

不過她暫時還是不要給娘親這麼大的壓力啦！

「哦，那松音這次恢復只是空間變大啦？魂魄凝實了？」阮瀠好奇道。

她沒有覺得松音剛剛的話讓她有壓力，她會好好努力的！

「嘿嘿，非也，非也。本仙以後雖然不能出空間，卻能夠透過空間看到外面發生的事情，也能和娘親交流，而且別人都聽不見，只有我們兩個知道。」想到這個，松音就開心，她可對外面的世界好奇極了！

「真的嗎？那太好啦！那我要怎麼和妳交流，別人也聽不見我說話？」

以後她就不用擔心松音自己在空間裡待得無聊，她一直為不能時時陪伴松音而感覺到虧欠，現在可好了。

「娘親用意念和我交流就好了，我能聽得見。」松音興致勃勃。

阮瀠喜極，突然想到一個問題，若是有些事不適合松音知道，到時候怎麼辦？若問出來，會不會傷到孩子呀……

阮瀠正糾結著，松音在一邊嘟囔道：「只不過現在空間已經和娘親融為一體啦！松音能不能施展這個功能，還是要娘親同意。如果娘親不同意，松音也不能知道外面發生什麼的，就和以前一樣。」

那真是太好了！人總有秘密，即便是對自己的孩子，也有些事情不適合讓她知道。

「所以娘親要多多同意松音看外面啦！」小傲嬌變小撒嬌。

阮瀠笑咪咪地點頭，母女兩個約定方便的時候就在一起。

接著，松音就帶著阮瀠參觀了下升級後的空間，其實也沒有十分特別，泉眼和土地面積都變大了一倍。

「這泉水現在恢復了一點點仙靈之力，對滋養身體有些好處！」松音告訴阮瀠。

林氏有了身孕，用這個泉水調養最好。另外親近的長輩，服用泉水也可以慢慢改善體質。

這也算是給阮瀠另一重驚喜了，松音這空間果真是仙家寶物！

阮瀠和松音討論了下祁辰逸中的毒，還有腿傷，母女倆又在空間裡入睡。

次日起來，阮瀠開始忙著出門的事，明日就要出行，還是有很多事情需要安排。

解放了松音，她出空間就一直在耳邊嘰嘰喳喳，知道阮瀠明日和祖母等長輩一起去華安寺，慢慢趕路就要兩天，顯得十分高興。

看著香衾幾個丫鬟在一邊收拾，也是問這個、問那個的，好不興奮。

「你們凡人還真的會享受呀！不僅是吃得講究，用的什物也實在精緻。那被子是什麼做的？感覺像雲朵一樣舒服呢！好想上去滾一滾……枕的東西是玉石？不會太硬嗎？」松音真是看到什麼都好奇。

阮瀠用意念回答松音的各種問題，一邊打扮自己，準備要去青鸞院請安，還有許多事情要安排一下。

此次出行，阮瀠最掛心的人還是林氏。

林氏是當家主母，自己這個女兒不能時時守在身邊，還是要自己獨立起來。以往她不爭不搶，甚至可以說對什麼都可以忍讓，現在腹中有了孩子，她再這樣下去，只會將母子幾個拖入深淵，前路坎坷，誰都不能待在保護圈裡。

到了青鸞院得知母親還沒起床，阮瀠正好先叫來林嬤嬤和雲環幾個大丫鬟。

將安胎和保胎的藥丸交給林嬤嬤保管，並告訴她每種藥丸的服用方法。這些藥丸使用空間中的上等藥材，效果絕對是外面買不到的。此外，她還拿出空間的泉水，讓林嬤嬤常常給母親飲用。

接著交代幾個丫鬟，這些日子一定要注意防著哪些事。她倒不是特別擔心母親的飲食，因為祖母派了這方面特別有經驗的孫嬤嬤來青鸞院坐鎮。

最主要防的還是自己那個渣爹，在英國公府裡除了暗箭，最難防的就是明渣了。

「小姐放心，咱們一定照顧好夫人。」林嬤嬤樂呵呵保證道。

夫人這一胎，讓一直以來忠心耿耿的她們也算是揚眉吐氣，看以後誰還敢詬病夫人沒有嫡子！

小姐已經將事情安排周詳，老夫人也安排得力的嬤嬤過來坐鎮，甚至這次出門還安排人手看顧青鸞院。要是這種情況下，她們再護不住夫人，這條命也不用留了。

阮濼點了點頭，正好這時候林氏醒了，她就進了屋子。

「松音，一會兒就能見到外祖母啦！」自己剛才安排事情時，小松音一直沒有出聲，阮濼便確認似的問道。

「娘親，妳剛剛好嚴肅呢……」松音知道娘親對在乎的人是真的好，不過認真的娘親很嚴肅也是真的。

「咳咳……」阮濼怎麼也沒想到這孩子竟然這麼說。

「濼兒來了，娘這時候才起身！」林氏有些不好意思，自從懷了這孩子，她一下子變得嗜睡，常常這個時辰才起身。

「孫嬤嬤準備燕窩粥，娘親一會兒吃。這次我和祖母出門，母親留在家中，可一定要精心調養自己。」阮瀠親暱地坐在林氏榻上。

「放心，娘也不是第一次有孕了。」林氏滿臉慈愛。

自己這個女兒，經過孟家之事，已經變得成熟許多，而且對於她的事情也是十分精心。

「女兒也不太擔心別的，祖母安排得好好的，林嬤嬤她們也都是細心得用的人，主要是爹爹那裡……」阮瀠猶豫了下，還是打算和林氏說。

一聽到女兒提起那個夫君，林氏盪漾的笑意變得淡了些。

「娘早就習慣妳爹那個樣子。放心吧！娘不會因為他做什麼而生氣。」

這些年，林氏早就不在乎自己那個夫君寵幸誰、偏心誰了。

「女兒不是那個意思，女兒是怕您不在意他，他還要弄出什麼事情來刺激您，您現在可是懷著孩子，無論發生什麼事都不能置氣。最重要的是，您不能一味忍讓，若是有什麼事情解決不了，咱們就去找祖父。還有這次出門，女兒先帶著庚帖啦！」阮瀠苦口婆心地囑咐道，也將自己帶走信物和庚帖的事情告知林氏，這樣她放心一些。

小松音在一旁看著，都覺得娘親面對外祖母，根本不像是對待母親，反而像是對自己的女兒一樣……

林氏一恍惚，明白女兒是真的擔心自己，連連應承下來。

「瀠兒就不要操心娘，娘保證一定會照顧好自己！倒是妳，出門在外一切小心，不要惦念家裡。妳祖母本來就是想要妳出去散散心。」林氏也是一腔愛女之心。

母女兩個互訴關切之後，阮瀠就先離開了。

阮瀠刻意帶著丫鬟還有小松音從花園那裡繞回去，主要是讓小松音熟悉國公府。

「娘親，那邊的花開得好好喔！那是什麼呀？」

小松音真的是好奇心旺盛，邊走邊問，銀鈴般的笑聲迴盪在阮瀠耳邊。

阮瀠不禁勾起嘴角，辰光真是好，湖面上波光瑩瑩，花草也彷彿在搖曳。

等回到院子，阮瀠也去看了看香衾她們準備得如何。

第二日，風和日麗，陽光正好，正適合出門！

在阮寧華和林氏的帶領下，一大家子送老夫人出行。

阮瀠跟著登上華麗寬敞的馬車。因為這次出門路途較遠，所以家裡準備的是最為舒適的大馬車。

坐上軟墊，阮瀠掀起窗簾，再次和林氏等人揮手。

又將目光投向蘭姨娘和阮清，看到她們目光中掩飾不住的欣喜和自得，阮瀠暗暗警惕。不過她已經留下暖裯還有她哥哥幫襯著，也傳信唐力讓他在外多關注。她就不信她們母女還能掀出什麼風浪來。

「坐好吧！咱們該啟程了，過些日子就回來了……」老國公夫人看著阮瀠盯著外面，怕是她捨不得，趕忙叫她。

「噯！」阮瀠放好窗簾，坐直身子。

第十一章

達達馬蹄，慢慢地出了京城，沿著官道，一路向北駛去……

出了城，阮瀠就掀開窗簾，關上窗紗。窗紗用月影紗製成，外面看不到裡面，裡面卻能清楚看到外面。

阮瀠和祖母以及二嬸母子一輛車，卻並不顯得擁擠。

祖母在軟榻上臥著，二嬸溫柔地教導堂弟認字。

阮瀠靠在車壁望著窗外。實際上是松音看著外面的景物在碎碎唸，而她在解答松音無時無刻的問題。

旅途頗遠，景物看著也不新鮮了。松音看了一會兒就覺得沒意思，回空間泡著泉水去了。

阮瀠拿出書籍看了起來。這是京城最流行的話本，講的是才子佳人的故事。

故事雖然老套，但是文筆實在有趣，所以阮瀠就當作在旅途中打發時間。

中午隨便吃了點從家裡帶的吃食，就這樣走走停停的，晚上到了一間小客棧休息。

由於是在外面，阮瀠也沒有進空間，就湊合著休息一晚上。

第二天接著趕路，下午就到了頗負盛名的華安寺。

寺廟建在叢林之中，到處古樹森森，恢弘大氣，又有著佛門之地的獨特韻味，處處透著禪意，頗有靈性。

英國公府的馬車一到就有小沙彌前來迎接，因為早早訂了禪房，所以直接引路進了寺中。

華安寺有一點與皇家寺廟不同，並不會因為來客的身分而差別招待，不論你是皇家還是大官，或者是平頭百姓，都一視同仁。

這也是老夫人不顧路途遙遠，選擇來到這裡的原因，遠離了世俗，反而更輕鬆自在一些。

阮瀠進入寺中感覺到前所未有的寧靜，自從重生回來，她忙著謀劃，忙著退婚，忙著懲治敵人的爪牙，忙著去奔赴前世所愛。

今生機緣種種，她卻還是覺得不安。她努力抓住機會，想要完全改變自己的人生軌跡，甚至短短時間就習得絕世醫術，卻忘了為自己治癒內心的傷痕。而那些紛亂的感覺，在入得華安寺的那一刻竟然被撫平了。

她仔細嗅著空氣中夾雜沉香的味道，眉目舒展不少。

「娘親，這個寺廟應該很古老，甚至有著隱隱佛光，真是個好地方呢！」松音不知道什麼時候又回來了。

阮瀠被打斷剛剛那種玄妙的感覺，並沒有生氣。

「妳還懂這個？」阮瀠問松音。

「本仙是誰！」松音傲嬌地說。

不過她也很喜歡這個地方，雖然古寺之中的佛力不能幫助她恢復修為，卻能洗滌靈魂中的雜質。雖然她為醫仙投胎，但前世確實差點經歷死亡，現在的魂體在此滋潤更有好處，能夠驅散一些陰氣。

阮瀠失笑，跟著小沙彌去禪房。祖母決定在寺中住上兩、三日，然後去京郊的溫泉莊子住上幾日，雖然現在的時節不適合泡溫泉，卻可以去體會一下山水美景。

小沙彌安頓好幾人，告知明日住持會開講佛理，邀請她們去聽，說完就告辭了。

阮瀠幫著劉嬤嬤等人安頓好祖母，就帶著香衾和二等丫鬟錦繡出來了。

「錦繡帶著小丫鬟去收拾禪房，我在這裡逛逛。」阮瀠說完，帶著香衾就離開了。

阮瀠離了京城，又置身於這山中古寺，頓時放下很多纏繞於心的念頭，漫步於叢林之間，呼吸都清透許多。

「娘親，這寺廟可真大，而且好像是在山中一般，前面好像有座亭子！」松音嘰嘰喳喳像隻出籠的小麻雀一樣，歡快地叫嚷。

阮瀠一看那邊果然有座亭子，那亭子建在一座小山邊，既能擋風，另一邊又臨著松海，景色著實不錯。

慢慢下了臺階，阮瀠打算去亭子裡坐一坐、歇歇腳，也就該回去了。

「娘，表哥現在還是對楚兒不理不睬的，這退親的事好像都怪到我頭上了，我怎麼解釋他也不聽，嗚嗚……」遠遠地傳來了說話的聲音。

阮瀠在空間待久了，越發耳聰目明，距離頗遠都聽到這對話的內容。

竟然是陳楚兒在說話！這聲音即便隔了一世，她依然記憶清晰！

她們怎麼會在這裡？

「娘親，這故事聽起來好像有點耳熟。」小松音也聽到了，好奇地問道。

這邊母女兩個在狐疑，另一邊孟母與陳楚兒相攜繞過小山，就看到下面的亭子中著月白色襦裙的美人……

原來這些日子，京中流言實在難聽，孟修言前幾日去找阮瀠更是頗受打擊。孟母在府中待著心思煩亂，看兒子也是精神萎靡，就決定去寺廟住些日子，等流言平息些再回京城。

孟修言一去翰林院，周遭人也是看好戲的眼神，索性也告假跟著一起來了。

他們昨日就到了，已經在這裡住一日。

今日陳楚兒看孟修言情緒好一點，已經恢復往常對孟母的態度，遂上前去侍奉，可是他竟然直接走開，這讓她非常委屈。

孟母看外甥女這樣，拉著她出來走走，勸慰一番。

沒想到，行到這處，竟然見到阮瀠坐在亭中。

陳楚兒自然不認得阮瀠，只是看到亭中有人，停止了哭訴。

孟母卻認出了阮瀠……

此時阮瀠也轉過身來，看到前世的仇人——孟母張氏還有陳楚兒。

孟母臉色暗沈，身姿清瘦，沒有前世阮瀠嫁過去的補品調養，整個人顯得單薄，遠沒有那時紅潤一看就有福氣的樣子。

而陳楚兒臉上的淚痕未乾，還是那副我見猶憐的樣子。

真是無巧不成書？阮瀠在心中吐槽。

「娘親，這個應該叫冤家路窄吧！」松音在一邊戲謔地打趣道。

母女兩人吐槽間，另外兩人已經走到近前。

陳楚兒看到亭中女子的身姿、樣貌堪稱絕色，周身打扮一看就是大戶人家的小姐，心中一陣嫉妒。若是自己這等家世樣貌，也不用費盡心思還只是個妾室！

「孟伯母好！」雖然心中吐槽不已，看到這兩人，阮瀠依然心緒難平，依著大家閨秀的教養，她也得起身打招呼，畢竟孟父是自家父親的救命恩人。

「阮小姐……」孟母可就沒有阮瀠沈得住氣。看到眼前這個貴女，想起這些日子經受的流言、兒子的怨懟，還有失去外在的好處，讓她控制不住自己的脾氣，這聲「阮小姐」十足的陰陽怪氣。

陳楚兒也從姨母的稱呼中意識到，這個風姿綽約的大美人就是表哥的前未婚妻，他這些日子心心念念的女子！

陳楚兒頓時挺起腰，和孟母站在統一戰線上。

「嘖嘖，娘親，這老太婆莫不是以為妳還是她未來兒媳婦吧？以為還能在妳面前發脾氣使性子？」沒等阮瀠有什麼情緒，松音已經開始吐槽了。

「孟伯母坐吧，我就先回去了！」阮瀠不想和這對噁心的仇人待在一起，看到她們不僅沒有退避，反而進入亭中，她就準備離開了。

「阮小姐這麼急著走？正好遇見了我老婆子，也應該一起坐坐才是！」孟母卻不打算輕易放過阮瀠。明明是自家做的齷齪事，卻像是別人欠了他們孟家似的。

「我認為和孟伯母應該沒什麼好說的。」阮瀠轉身，挑起嘴角看著孟母。

「還大家閨秀呢，規矩都不懂嗎？長輩還沒有說完話就要走？」孟母繼續陰陽怪氣。

「孟伯母有什麼指教？是要和我介紹您身邊這位姑娘？喔，應該不能稱呼為姑娘了。」阮瀠看到她這樣糾纏不休，也就不急著走了。

就像松音說的，孟母真當自己還是她的婆母呢，擺什麼姿態呀！

果然，松音已經在一旁加油打氣。「娘親別客氣，使勁對付這些不知廉恥的人！」

阮瀠聽了這話，臉色有點微微扭曲。

這丫頭，這性情！

「妳……哼，說起這事，也不得不說說你們英國公府仗勢欺人，忘恩負義。我兒也就是一時犯了天下男人都會犯的錯，你們家竟然不依不饒，是想讓我這可憐的外甥女沒有容身之處嗎？可憐我夫君正值壯年，為了救妳父親喪命，他若知道他救的人是這樣，估計也會死不瞑目！」孟母悲憤地說，滿臉都是受了巨大委屈無處訴的模樣。

阮瀠本想好好和她理論一番，可是剛剛她聽到小山轉角那邊的腳步聲，收回原想說的話。

「孟伯母，咱們兩家的事情是怎麼走到今天這個地步，您心裡最清楚不過，何必揣著明白當糊塗！您不是最疼愛這外甥女嗎？我現在退親騰出位置，您也正好做主將她扶正，這本是皆大歡喜的好事，也全了您對家中姊妹的情誼才是。」阮瀠細聲細氣地說，著實不用和這樣的人動氣。

「放肆！你們英國公府的家教，就是這麼教妳和長輩頂嘴的？我告訴妳阮瀠，妳等著瞧，即使退了親，我兒還是能找到和他匹配的貴女！他堂堂狀元郎，才華洋溢，妳不過仗著家世出身，一臉狐媚相，誰娶回家誰倒楣。」孟母開始破口大罵。

阮瀠卻是不動氣，小松音聽她這麼撒潑，氣得不行。

「這個老太婆太可惡了，我要是恢復了法力，就讓她永遠張不開那張臭嘴！」

「別氣，犯不著和這種人置氣。」阮瀠輕聲安撫。

陳楚兒聽到孟母說，孟修言還會找貴女，她心裡大受打擊，身子一晃，險些栽倒。她以為阮瀠退婚，等著表哥消氣了，自己就有機會當正妻了，沒想到一向疼愛自己的姨母，並沒有這個打算……

孟母看外甥女這樣子，還是顧忌她肚子裡的孩子，沒有繼續撒潑，小心地扶著陳楚兒離開，臨走前還撂下話。「妳等著瞧！」

阮瀠目送著來去匆匆的兩人，不知道為什麼竟然有種啼笑皆非的感覺。

前世這對姨甥保持一致對外地欺負自己、殘害自己，眼下也沒有辦法對她怎麼樣，只能逞口舌之快了！

而且看陳楚兒剛才那怨毒的眼神，阮瀠已經忍不住期待好戲了。

兩人走到小山轉角處看到有人，孟母心中還有氣，對著那人叫囂了句。「看什麼看！」

上輩子孟母也沒有像瘋犬一般吧！

阮瀠再待下去覺得也沒意思，本準備帶著香衾回去。

「娘親，轉角其中一人氣息微弱，應該是生機漸逝……」松音這時候突然說話。果然，有兩個人從轉角處走出來，一男一女，四十歲左右的樣子。男子一看就是個冷厲不苟言笑之人；女子確實如松音所說，蒼白瘦弱，氣息微弱，不懂醫的人也能看出她身體不好。

阮瀠停住本想要離開的步伐，等人到近前，竟是那女子先開口。「抱歉，剛剛走到這裡，就聽到那位夫人與小姐的對話，委實冒昧了。」

仔細一瞧這女子生得溫婉婀娜，目光溫和純淨，應該是被保護得很好的女子，而且身邊男子雖然冷肅，對這女子一舉一動都顯現出小心和在乎，望向這女子的目光夾雜著柔情。

阮瀠正在瞎想的時候，松音又開口了。「應該是生產的時候大傷元氣，現在內裡逐漸衰敗……」

阮瀠正色，她也看出這些，只不過還沒有松音這種觀面色，就能判斷八九不離十的本事。

「沒什麼，這位夫人別介意。此處雖然山擋著風，到底過了晌午，山間有涼意，還是莫要久逛了，早些回去才是。」阮瀠看著她的樣子，忍不住叮囑了一下。

阮瀠沒有自告奮勇上前醫治，她雖懂醫卻不是大夫，又不了解對方身分，對方也不見得相信陌生人。

不過她真的很喜歡那夫人身上的氣質，雖然身患重病，卻依然保持那樣寧靜溫和的氣質，也是難得了。

女子點頭微微笑了。「多謝關心！」

阮瀠帶著香衾離開，松音還在嘮叨這種情況只有她有辦法治，否則那女子也沒幾天好活云云。

阮瀠自然也知道，可是有些事情真的沒有那麼容易，就像她去王府自告奮勇，也沒有想過馬上被人接納，還要冒著被人徹底清查的風險。只有面對王爺，她願意冒險，別人的話，她只能遺憾了，畢竟醫術來得太過蹊蹺，也需要時機慢慢展現。

回到禪房，也到了該用晚膳的時候，華安寺的齋菜頗出名，阮瀠還是挺期待的。

而阮瀠走後，那對男女並沒有離開亭子。

「傍晚確實有些涼意，妳偏偏還要過來這裡吹風，這身子怎麼能受得住！」男子語帶關切，面上卻還是那副冷冰冰的樣子。

女子溫婉笑著，看著男子站在一邊擋住風，柔聲說道：「妾身這身子也就這樣了，這麼多年夫君對我照顧有加，現在也願意包容我的小任性……這時候能再回咱們曾經相識的亭子，妾身心裡再沒有什麼遺憾了。」

男子聽到女子這麼說，明知是實情，可是眼中依然有水光閃現。

「說什麼傻話呢！咱們家孩兒還等著咱們回去呢！」男子看到女子體力不支，將人攬在身邊靠在自己懷中。

女子柔笑不出聲，要不是自己沒多長時間好活了，也不會任性地要求夫君在政務繁忙的時候，帶自己來華安寺，最後紀念兩人的相識，她再也沒什麼遺憾了。

成婚二十四載，夫妻琴瑟和鳴，感情極好，夫君面冷心熱，專情如一，即便自己多年無所出，他也沒有納妾。她可能不是好妻子，丈夫不願意納妾，她也不會上趕著送，所以前年懷胎，即便夫君反對，她也依然堅持在這個年紀生下自己的孩子。

生產艱難，雖然撿回來一條命，到底傷及根本，即便夫君和自己百般調養，也無法綿延福壽。不過她不後悔，這樣好的夫君，即便失去性命她也要為他留下血脈。

只是幼子可憐，如此年幼就要失去母親，不過她相信丈夫能夠照顧好這個孩子。

她不在乎死後丈夫是否另娶，畢竟他身為吏部尚書，多少人家擠破頭也會想將自家女兒嫁給他。她也不忍心他孤獨終老，所以只求今後那女子對他好，對兒子好……

心緒紛雜，女子轉移了話題。「剛剛那位小姐真是貌美，人也懂禮卻不軟弱，一看就是好人家教養出來的姑娘。」

男子點頭接過話。「那小姐正是英國公府的姑娘，妳不關注流言，不知道前些日子她與剛剛說話的那婦人退了親事。」

「怪不得，原來是英國公府第一美人。這樣好的姑娘是不應該嫁進那樣的人家。」雖然她不了解前因後果，可是從剛剛幾句話，也知道必然是對方的錯。

女子的身子委實不適合在外面久待，因此夫妻兩人閒談兩句就回寺了。

這邊用了晚膳，阮瀠也將遇到孟母等人的事告訴老夫人。

「真是掃興，本想著出來散散心，竟然還和那家子碰到一起了。明日咱們上香求籤聽了佛理，後日一早就去莊子吧！」

雖然她們並不怕事，本也不是她們理虧，但到底覺得膈應，老夫人打消多住兩日的念頭，也想著早點離開。

二嬸齊氏在一旁應和，雖然她想在寺中多住些日子，可是她真的疼愛阮瀠，也不想和礙眼的人待在一處。

決定好行程，眾人都回各自的禪房休息。

半夜，好夢正酣，就聽到佛門清淨之地有不尋常的聲音。
阮瀠素來淺眠，又加上重生以來感官提升，別人可能沒注意，她卻是聽到了。起身下榻，穿好衣裳，阮瀠開門出屋，發現是隔壁院子傳來的聲音。

「快下山找大夫來。」男子聲音急切。

他雖知道自家夫人的身體，卻也沒想到白日還精神甚好的人，晚上竟然又發起高燒來，眼下更是昏迷不醒。

阮瀠雖然沒聽過男子的聲音，可是想來這種時候找大夫，應該是那女子出事情了。想到女子溫婉的笑，清澈飽含善意的眼神，阮瀠終究做不到無動於衷，何況眼下情況危急，自己再去幫忙，應該更容易被接納。

想到這裡，她回房從空間裡拿出用得到的藥材和銀針，她雖然沒有為那女子診脈過，當時松音卻觀面相診斷出來，也念叨了診治的法子。即便現在松音睡了，她還是很有信心，自己可以應付。

和守夜的婆子打過招呼，阮瀠出了院門，果然看到挨著院子的大門是敞開的，她走到門口就見到守門的婆子。

「我是旁邊院子的人，聽到這邊的動靜。我會些醫術，來看看是否幫得上忙？」阮瀠直接說明來意。

婆子狐疑地看著眼前貌美的年輕姑娘，又看到阮瀠提著藥箱，雖然不太相信她的醫術，到底夫人情況緊急，小廝下山請大夫也不知道什麼時候能回來。

婆子咬咬牙，沒有拒絕好意。「姑娘院中等待吧，我去回稟我家老爺。」說著就向其中一間禪房而去。

此時，沈勉正握著自家夫人的手，心裡默默祈禱，他竟然又體會到這種無助。

他出身書香世家，仕途順遂，四十出頭就成為吏部尚書，年少時在華安寺遇到妻子秦氏，一見傾心，兩家也算門當戶對，他順利娶了心上人。

奈何秦氏什麼都好，就是脾氣倔，不顧自己反對非要生下嫡子。由於本身體弱不健康，生產時大出血差點去了，救回來之後就一直纏綿病榻。

他看著她漸漸虛弱，心裡時時煎熬。

此次大夫也都說她可能熬不了多久，為了滿足她的願望，他帶她來兩人初識之地，本想讓她心情舒暢，沒想到旅途奔波，竟然又復發了。

沈勉此時心中惶恐，就怕她一睡不起，竟聽到婆子稟報，有一個姑娘自稱會醫術，前來詢問。

現在半夜小廝下山，也不知什麼時候帶回大夫，夫人已經等不了了，院中人可能就是唯一的救命稻草，所以他匆忙擦去眼角的淚，起身去院中迎人。

一出門看到英國公府那位三小姐，他也有些驚訝，從沒聽說她會醫術，不過眼下情急，而且對方出身高貴，想來也不是什麼陰謀。

「多謝阮小姐相助，請進來吧！」沈勉沒有多說什麼，就迎了阮瀠進去。

阮瀠看到人，果然是這對夫妻，她也定了定神，沒說什麼，進了禪房。

沈勉隨即帶上門，他要親自伺候，就不需要下人入內了。

阮瀠上前把脈，翻其眼瞼，這身子果然虛弱不堪，真如松音所說。

沒有猶豫，她對於怎麼醫治心中有數，直接從藥箱中取出銀針，指揮沈勉幫忙褪去秦氏衣衫，開始施針。

沈勉看阮瀠並沒有像一般大夫說一番病理，直接就上手。他有些驚訝，不過也沒有心思考慮什麼，阮瀠怎麼說，他就怎麼做。

不一會兒，秦氏悠悠轉醒，阮瀠還在繼續施針。

「夫君……我……是不是要……」秦氏沒想到自己還能轉醒，想要趁著最後的機會再交代遺言。

「這位夫人不要說話，閉目養神，馬上就好了。」阮瀠阻止秦氏的話。

秦氏看著出聲的女子美如天仙，她也不知怎麼回事，乖乖地閉上嘴，合上眼睛。

針扎好，阮瀠取了藥材，讓沈勉吩咐下人去熬藥。

忙完這些，她才發現自己的頭髮都濕了，身上也是黏黏的，很想回空間泉水中泡一泡。

不過眼下還有事，她忍著渾身不舒服，等到藥來了，秦氏喝下。

取了針，阮瀠才開始輕聲交代。「夫人生產時傷了底子，五臟六腑都在衰退，需要每月施針兩次，持續半年，佐以藥物和食補方能有恢復的可能，具體如何還要看實際情況。」

沈勉和秦氏聽到她的話都震驚不已，畢竟所有為其診治過的大夫，包括御醫，都說秦氏沒得治了。

不過他們不再懷疑阮瀠，因為剛剛就是她救回人命，眼下秦氏雖然虛弱，但是已經明顯好多了。

這樣年輕的姑娘，還是大家閨秀，怎麼會有這樣出神入化的醫術？

沈勉旁觀了阮瀠的施針手法，與別的大夫都不一樣。

阮瀠看二人呆住，也不催促，自己去桌前倒茶來喝。

「多謝姑娘今日出手相救，大恩難以回報，希望姑娘能夠繼續為我診治，無論結果如何，姑娘都是沈家和秦家的大恩人！」還是秦氏率先開口。人人都說她沒救了，只有這位國公府貴女說自己能治，無論如何，她都要抓住這次機會。

沈勉也贊同夫人的想法，這是他們最接近希望的一次，而且他看阮瀠的自信和剛剛的治療，更是充滿信心。

雙方商量接下來的診治方案，阮瀠寫下藥方和食療方子就告辭了。

沈勉夫妻卻是感嘆今日絕處逢生，沈勉甚至已經想到自己能做什麼了。

他手上有一份差事，本來有人推薦過孟修言才能出眾，但最近因為孟家退婚的事，他正在猶豫，此刻卻是已經有了決斷。

連這樣好的未婚妻都不珍惜，這樣的男子即便才能出眾，也是個眼瞎心盲，德行有虧的！

同在寺中的孟修言可不知道，前世外派出京的差事沒了，這可是他人生中的重大機遇，前世外派回京後，他憑著任上的政績可是一路升遷，仕途一片光明。

今生嘛，看樣子還是要繼續留在翰林院了。

第十二章

回了禪房，插上門閂，阮瀠進了空間，去泉水裡洗去一身的黏膩。

這可是自己第一次施針救人，雖然穴位、步驟、力道早已經刻入靈魂，第一次實踐起來還是感覺不一樣。

收拾完之後，阮瀠返回禪房休息。

第二日一早，沈勉就過來道謝。

老夫人和二夫人雖面上維持表情，實際上都在納悶阮瀠什麼時候開始學醫，竟然還熟練到可以為人醫治的地步。

昨日救人也是臨時起意，阮瀠知道自己會暴露醫術這件事，也想好了說詞。

今日她才知道那男子是吏部尚書沈勉，她雖然並不熟悉朝堂，前世也聽孟家人念叨沈大人是孟修言的伯樂這種話。

這是什麼奇妙的緣分？

不過這並不影響她為那位夫人診治，約定好每半個月施針一次，沈勉將家傳玉珮留給阮瀠。

阮瀠百般推辭，沈勉執意如此。

等人走了，阮瀠交代自己莫名其妙會醫術一事。

「幾年前，孫女一次偶然看醫書，感興趣就學了起來，雖然都是自己慢慢琢磨，好像還頗有天賦，但是一直沒有實踐過。昨日隔壁沈大人那邊傳來他夫人犯了病症，孫女就硬著頭皮去醫治了。」

此事如何交代也是有漏洞，所以阮瀠用了點松音催眠的本事，在解釋的時候讓對方下意識忽略不尋常的細節，最後深信她下的結論。

果然此法好用，兩位長輩深信不疑，周圍親信似乎也是打從內心相信，甚至作證阮瀠默默研究醫術的事實。

吃過早上的齋飯，老夫人就帶著二夫人和阮瀠一起上香拜佛，還都求了籤文。

因為都是上上籤，幾人十分高興。

眾人又去大殿聽住持講經，心靈寧靜。

若不是討厭的孟家人也在寺中，阮瀠也想多住幾日。

在寺中又住了一夜，還好沒再遇見孟家人。

主要是陳楚兒備受打擊，在禪房中不願意出來。孟母雖然心中有氣，但她只敢在阮瀠面前叫囂，若是遇到老夫人，她還真不敢造次，所以也躲在院子裡。孟修言更是沒有興趣出去，他依然沈浸在退婚的陰影中，若不是為了躲避流言，也不會出來。次日清晨，老夫人就帶著大夥兒出發去京郊莊子小住，在自家地盤總不會遇到討厭的人。

松音還是很捨不得寺院，阮瀠只能承諾以後還會帶她來多住些日子。

又趕了一天多的路，次日中午到了京郊的溫泉莊子。

莊子依山而建，紅瓦白牆，和京城裡的建築風格完全不同。

進入莊子，映入眼簾的是盛放的各種花朵，海棠、杜鵑、山茶花都是開得最熱烈的樣子。

阮瀠一見之下欣喜非常，松音也是驚喜得嘰嘰喳喳，直說自己的空間也要弄些花草來裝飾，阮瀠笑著答應。

老夫人心情頗好，在管事帶領下去莊內最大的院子，這回阮瀠就住在祖母正房的東廂，齊氏帶著阮昭住在旁邊的院子。

下人們去收拾安置，老夫人則帶著她們去用午膳。這莊子大廚水平雖然一般，但勝在食材新鮮，都是莊子出產的，所以幾人也算吃得歡快。

用過午膳，老夫人要午休。

阮瀠想著要在這裡住上十天左右，也不著急去逛，這些天委實有些忙碌，就帶著松音回房間，準備去休息。

英國公府，阮寧華又去蘭姨娘院中。

「世子爺這是在外吃過了？有什麼喜事這麼高興？」蘭姨娘上前伺候他更衣，不假他人之手。

「是有一樁喜事，今日在外面遇到武陵伯謝安，就是惠妃娘娘的父親，七皇子的外祖。他家的世子還沒有訂親，據說也是一表人才，雖然尚且沒有一官半職，但是謝家著實富庶，鐘鳴鼎食，也算是一個好人家。」阮寧華抬起手臂讓蘭姨娘伺候，一邊志得意滿地笑道。

「這麼看還真是不錯的人家。」蘭姨娘在一邊應和，實則心中有數，因為英國公世子與武陵伯的偶遇就是她促成的。

「何止是不錯，甩孟家幾條街！」阮寧華說著，坐在上首。

蘭姨娘眼中閃過亮光，端上溫度適宜的茶盞。

「妾身也覺得真不錯呢！門戶也算相當，人品學識想來不差，只不過三小姐的親事，國公爺那邊……」蘭姨娘欲言又止，點出阮寧華這個親爹做不得主。

阮寧華一想起這件事就不痛快，阮瀠明明是自己的女兒，當初定下孟家的時候，父親也沒有十分反對，也是看好孟修言，誰能想到孟家後來會做出那檔子事情，而父親就只知道怪他。

眼下有這麼好的人家，今日和謝安交談，言談間很是中意阮瀠，絲毫不嫌棄阮瀠剛剛退過親，可見是多麼有誠意。

他自從回京之後，父親就對他的前程不聞不問，好處都是老二那邊得了，他至今還是個五品官員。謝安的嫡女在宮中做娘娘，他要是同意這門親事，有非常多好處。

他還是有點猶豫，父親應該不會同意，因為武陵伯府是惠妃娘娘的娘家，若是定了這樁婚事，估計老爺子會責怪自己站隊。

可是富貴險中求，現在中宮所出嫡子已經廢了，皇上最寵愛凝貴妃所出的四皇子，但母家出身低微；麗妃所出五皇子狂放恣意，智謀上還是太欠缺；反而是惠妃所出的七皇子不顯山不露水，沒準兒是那個有福氣的。

正在猶豫間，蘭姨娘開口了。「按理說妾身不應該多話，三小姐畢竟是老爺的女兒，這天底下都是父母之命、媒妁之言，沒有道理您這個父親說的婚事不算。另外，您這不是害三小姐呀！謝家富庶，京城人盡皆知，家世門第也都是一等一的好，您這也是為了三小姐的將來打算。您就算是自己決定，國公爺應該沒有理由反對才是。」

蘭姨娘此言算是說到阮寧華的心坎上。蘭姨娘能夠這麼多年在後院屹立不倒，不僅僅是靠她所生的子女，最重要的還是洞悉眼前男人的心思。

「真的？」阮寧華果然動搖了。

「世子爺，這只是妾身自己的想法。妾身想著要是您給四小姐定下一門頂好的親事，就算不告知我們母女，我們也只會對您感激不盡，以後日子過得好了，誰還不稱讚一聲您眼光獨到？說句不該說的，國公爺畢竟上了年紀，也未必能夠知曉京中優秀的人家和小輩。何況若是拖延下去，可不就耽誤三小姐的終身大事嗎？婚姻還是要講究緣分，緣分這東西也是稍縱即逝，沒準兒咱們猶豫著，機會就溜走了。」蘭姨娘從多個角度勸慰著阮寧華。

「妳說得對，我這也是為了她好，嫁進謝家只有好處。看謝安那個中意的樣子，哪方面也不會虧待咱們家。」阮寧華打定主意。「行了，我就不在妳這裡休息了，我去夫人那兒一趟。」

蘭姨娘自然是乖順地將人送出門。

阮寧華想著謝家今日雖然露出滿意的意思，但未決定下來還是夜長夢多，所以一邊讓親信長隨去謝家傳信，說阮家同意了這樁婚事，這兩日找個好日子就讓謝家來提親、交換信物，一邊急匆匆地想要找林氏討要阮瀠的庚帖和當初孟家退回來的信物。

他倒是一點也不擔心林氏反對，自己還是了解這個夫人，還是很聽丈夫的話。

誰知道一入青鸞院就得知林氏在休息，就連他要進正房，也被老夫人派遣的孫嬤嬤攔下了。

「世子爺，夫人此時正在午休，這天氣炎熱，夫人懷著孩子這些日子晚上睡得不好，好不容易趁著中午時分能休息。世子爺還是回去吧，或者有事就在廂房等一等。」孫嬤嬤溫聲說道，她也不是不諳世事的人，世子爺這火急火燎地趕過來，那神情可不像是什麼好事。

「本世子有急事找她。」阮寧華還是想要闖進去。

「老夫人走前可是說了，任何事情都不能妨礙夫人這一胎，老奴也是按照老夫人的吩咐辦事。若是世子爺有什麼緊急的事情，可以去找國公爺。夫人實在不能憂思太過。」孫嬤嬤不軟不硬地說道。

阮寧華看著面前母親留下的親信，也不敢做得太過，便去找林嬤嬤。

「三小姐的庚帖是夫人收著吧？妳找來給我，我這裡有用處。」

林嬤嬤看著阮寧華的神情有了不好的預感。

「據老奴所知，自從上次退婚，一直是三小姐自己收著庚帖，並不在夫人這裡。」

林嬤嬤轉念想起了這事，三小姐眼下並不在府中，世子爺應該也沒辦法，她隨即就說出實情。

「胡鬧！這種東西怎麼能夠放在她一個閨閣女兒那裡，夫人就是這麼養孩子的？」阮寧華勃然大怒，隨即怒斥道。

「世子爺還請息怒，現在夫人懷著胎，老夫人臨走的時候可是交代，天大的事情也不能讓夫人傷神，您看既然找不到東西還是回去吧！」林嬤嬤淡定地說道。

阮寧華知道現下這種情況，就算是把青鸞院拆了，也找不到那些東西，又有嬤嬤在這裡礙手礙腳，只能氣沖沖地離開了。

阮寧華本來想直接回蘭姨娘那裡，想了想還是直奔雅芙院而去。

而這邊，暖裯已經得知世子爺在青鸞院鬧事，也知道他要找小姐的庚帖和信物。她已經有了打算，小姐走之前也交代她不要硬碰硬。

果然，不一會兒，阮寧華直接進了雅芙院，暖裯趕忙出來恭謹地迎接。

「妳家小姐的庚帖等物都收在哪裡，妳可知道？」

阮寧華一進門連茶也不喝，就直接問暖裯。他知道這丫鬟是女兒身邊的一等大丫鬟，平時很得看重。

「回世子爺的話，小姐出門前特意讓香衾收拾那些東西帶走了。爺若是不信，可以著人去小姐房中找找！」暖裯恭謹地說，力求不讓人挑出一絲錯處。

阮寧華雖然生氣，可也想到這個可能，那個逆女既然把庚帖等物自己收著，就不會輕易放在家中。

自從孟家的事之後，這個素來乖巧的女兒性情大變，看著自己的眼神不復以往的恭敬，反而更多的是冷淡疏離。

當然，他素來與這個女兒並不親厚，心中更疼愛妾室生的小女兒，但是也並沒有虧待過她。

而孟家的親事也並不是他的錯，但是看樣子這個女兒是怪上他了。不過他也不在乎，無論她怎麼想，他都是她的父親，只不過她這一手弄得他無法決定謝家的親事，到時候老夫人一道回來，事情沒準兒會出什麼差錯。

想到這裡，阮寧華也待不下去了，拂袖大步離開了。

暖裯看人走了，趕緊讓人傳話要自己哥哥去查到底出了什麼事。看世子這個樣子，八成是要籌謀小姐的婚事，只是不知道是哪戶人家。

不過世子素來偏心，若真是頂好的人家也不會想著自家小姐，這事真是不好辦，即便世子沒有拿到庚帖，暖裯也怕出些別的意外。到時候若真是不行，就如小姐吩咐的，去求助璟王爺。

阮寧華徑直回蘭姨娘的院子，此刻蘭姨娘也在翹首以盼阮寧華那邊的消息。

自從上次阮瀠整頓了青鸞院，現在青鸞院可是很嚴密，所以她得不到消息，只能等待。

看到人臉色鐵青地回來，蘭姨娘心中暗道不好，難道是夫人那邊態度強硬？那可不好，若是事情這麼早就鬧大了，讓英國公知曉了，事情估計就懸了。

「世子爺，怎麼了？可是夫人不同意這門婚事？」因為心中急切，蘭姨娘直接問道。

「阮瀠那個逆女，竟然將信物和庚帖等物都帶走了！」阮寧華此時還是怒氣沖沖。

蘭姨娘怎麼也沒想到竟然是這個緣由。「這……夫人也太由著三小姐了，哪有女孩子家自己拿著這些，若是傳出去，該說咱們府上沒規矩。」

「哼，我也知道，她這是防著我呢！真是一個好女兒！」阮寧華自然認同蘭姨娘的話，也道出那個逆女的心思。

「世子爺莫生氣了。即使沒有庚帖，咱們先納采、問名，然後事情傳揚出去，也就算是定了，咱們國公府也不是背信棄義的人家，到時候沒有三小姐拒絕的餘地！」蘭姨娘出主意，雖然沒有拿來庚帖等物，可是名義上先定下來，也算是成事一半。

阮寧華覺得可行，他也想好了，這個女兒越是這樣做，他越要拿出做父親的權威，總不能放任她的性子胡來。

兩人商量定了，阮寧華又安排親信的手下去武陵伯府跑一趟。

這邊暖裀兄長去找唐力，那邊璟王府也得到消息，卻並不是暖裀傳的消息。

原來影九已經將事情查得八九不離十，今日又查到阮寧華在外和謝安的事，深入查證，自然得知了整件事情，包括阮寧華與蘭姨娘的對話。

「王爺，屬下查清楚了，阮小姐醫術來歷確實沒什麼痕跡，不過也沒有什麼別的疑點。」影九將這陣子查證的結果如實稟報了，然後猶豫著要不要說今日發生的事情。

「還有什麼事？」祁辰逸自然看出他的猶豫，遂問道。

聽到阮瀠沒有什麼陰謀，他算是放下這陣子懸著的心，他們兩人的談話旁人並不知曉。他矛盾了這麼些天，終於找到出口了。

「是阮寧華，也就是阮姑娘的爹今日與武陵伯在酒樓相遇，武陵伯有結親的意思，阮寧華已經在家中妾室的慫恿下，決定這兩天名義上先定下來。」影九全盤說出今日之事。

祁辰逸聽到這個消息頓時心中一突，他可是知道那謝家嫡子，表面上風光霽月，內裡是個爛玩意，最是貪歡好色，而且有些不正常的癖好，有些女子可是性命都沒保住，內裡陰私事情可不少。

阮瀠那個父親竟然完全不調查，就要將女兒許給那樣的人家，怪不得她要為自己謀親事呢！

此刻前些日子的疑惑也解開了，自己的親事身不由己，很有可能將她推入萬劫不復之地。

「給本王更衣，本王要入宮！」

祁辰逸知道此事不應該耽誤下去了，這些日子他也想明白一些事情，並不僅僅是因為腿傷的事情，他一直沒有行動，也是為了等一個答案罷了。

既然眼下一切清楚明瞭，他可不會給自己留下後顧之憂。

影九連忙應是，與慶源一起幫著處理入宮事宜。

祁辰逸進宮之後沒有去皇后那裡，而是直接去皇太后那裡。

皇祖母素來疼愛他，只有她能夠越過自己的父皇，為他賜婚。

進了太后宮中，祁辰逸屏退左右，與太后密談將近半個時辰，太后身邊的肖公公就帶著懿旨出宮。

祁辰逸也隨之離開，他知道阮灤不在府中，就沒有跟著同行。

等他離開，太后扶著自己的陪嫁嬤嬤起身，感慨地說：「這孩子，難得有一天想要成婚了，哀家自然要支持。真是緣分，皇后當初也為他相看過那丫頭，奈何陰差陽錯，兜兜轉轉竟然回到了原點！」

陳嬤嬤在一邊笑著應和著。「奴婢看王爺也是真的上了心，阮三小姐是個有福氣的，人品樣貌更是沒得挑，也是良配。」

「唉，苦了辰逸這孩子，原就是嫡出，又能幹，奈何皇帝偏寵貴妃，遲遲不立太子，現下辰逸這個樣子，也是……希望這門親事合他意，今後生活也好過些！」太后轉而嘆息，最適合的皇子卻成為一個廢人。

此時祁辰逸也去皇后宮中，將此事告知了皇后。

鄭皇后得知兒子終於有娶親意願了，激動得熱淚盈眶。

「好，真是太好了，只是你這請旨也過於匆忙了些，母后都來不及準備賞賜！」鄭皇后小小埋怨道。

「主要是阮瀅之父又要替她決定一門不適宜的親事，兒子才急匆匆去求了祖母。阮瀅此刻還不在京城，等她進宮，母后再賞賜也是一樣的。」祁辰逸解釋道，並沒有提及阮瀅會醫術的事。

在他看來，之所以想請旨，他真的動了成婚的念頭，而且他著實被阮寧華的行為所刺激。

「哦？英國公世子又為她相看了什麼樣的人家？」鄭皇后本來就對這位世子觀感不佳，聽到這個消息也很是好奇。

「武陵伯謝家！」祁辰逸回答。

「愚不可及，且自私！」鄭皇后也被阮寧華的做法噁心到了。

唐力也查出事情原委，趕忙傳消息給暖裯。

暖裯已經有了準備，雖然她並不了解謝家世子，可是看世子爺的行事作風也覺得並不適宜，所以趕忙讓人傳信給小姐，又讓哥哥傳信唐力速速去璟王府尋求幫助，勢必在老夫人和小姐回京之前壓住這件事的發展。

暖裯也想到了，即便小姐帶走庚帖，世子爺畢竟是她的父親，他若是和人家約定好可就難辦了，就算到時候不成，小姐的名聲也別想要了。

阮寧華這邊的親信已經回來報信，謝家明日就和媒人一起前來提親，問名後速速去合八字，沒有庚帖也無妨，雖然耽擱後續過程，但是這事傳出去也就八九不離十了。

阮寧華和蘭姨娘終於放心了，到時候就算英國公等人反對，也必須顧及阮瀠的名聲。畢竟接連退婚可不是什麼好事，而且謝家也不是那麼容易就退婚！

正得意間，英國公府管家來邀請阮寧華，說去前院接旨。

第十三章

「國公爺，既然人都到齊了，奴才就宣旨了。」肖公公一臉笑呵呵，看到眾人到了，放下茶盞，起身宣旨。

「太后懿旨，英國公阮臨淵之嫡孫女阮瀠，溫柔賢淑，品貌皆宜，賜婚於璟王祁辰逸為王妃，擇今年底前吉日完婚，欽此！」肖公公宣讀完懿旨，看著下跪之人的反應。

「老臣領旨，太后娘娘千歲千歲千千歲！」英國公此時還有些驚嘆。果然是緣分嗎？沒想到兜兜轉轉，瀠兒那丫頭還是嫁給璟王爺。

此時阮寧華心中一陣憋悶，怎麼自己一個當爹的人，就是不能做主女兒的婚事？本都已經與謝家說好明日就納采，今日就收到女兒的賜婚懿旨，與謝家的婚事算是徹底沒戲了。

林氏也有些驚訝，她倒不排斥這樁婚事，璟王爺雖然已經殘疾，可是他對大雍也是立下汗馬功勞的人，既然太后賜婚，她也就接受了這樁婚事，就是不知道女兒是什麼看法。

「恭喜國公爺了。太后知道三小姐沒在府內，等回府再進宮謝恩！」肖公公扶起英國公，拿了賞錢，寒暄幾句就告辭離去了。

等到送人離開，英國公拿著懿旨，看著下面的兒子兒媳。「既然太后已經為瀠兒賜婚，婚期還有不到半年，雖然瀠兒以前準備過一應事物，可這畢竟是嫁入皇家，很多東西要重新置辦。瀠兒娘現在懷著身子不方便，等老二媳婦回來就抓緊準備起來！」

英國公想著還有很多事要和妻子商量，阮瀠也要回京進宮去謝恩，趕緊派人去接她們回京。

「你們先回去吧！等著你母親回來再安排具體事宜。」英國公揮揮手，看出長子滿臉的不滿意，他可不想留著這個傻子在眼前。

對於太后的賜婚表現不滿，大兒子是不知好歹，也不知道自己怎麼生了個糊塗種。英國公不知道阮寧華私底下搞出的事情，還以為他單純是因為女兒的婚事不能自己做主而心情不快。

大兒子也不想一想，君要臣死，臣不得不死，更別說是賜婚這種事情。

璟王爺雖然雙腿殘疾，但曾經也是人物，人品能力更是不用說。尤其現在璟王爺與皇位無緣，是英國公最滿意的一點，他是絕不想英國公府捲入皇位之爭。

阮寧華和林氏先後離開前院，阮寧華此時並不想跟自己的妻子說些什麼。有孫嬤嬤看著，他也不能對林氏動輒發脾氣，而眼下他還要處理更重要的事情。雖然皇家賜婚，打壞了他的盤算，難免兩家會為此生出嫌隙。

林氏被孫嬤嬤等人攙扶著回青鸞院，想到女兒還有不到半年的時間就要出閣，這次基本上不會有什麼變故，一想起來還是有些捨不得。不過想到肚子裡的孩子，她的心不再像上次一般空落落。

孫嬤嬤看夫人神色平靜，也放下心來。

她不由得慶幸這道懿旨來得太及時了，今天中午世子爺過來的事情，她還沒想好怎麼跟夫人說，一直暗暗擔心世子爺會做出什麼事。

眼下大局已定，她是沒什麼顧慮了。

暖裯那邊也得到消息，說不出心中是什麼想法，不過想到自家小姐臨走之前，囑咐自己的話，也覺得鬆了一口氣。

這邊眾人也算是放心了，那邊阮寧華回到蘭姨娘的院子終於可以發洩自己的脾氣。

「真是！本來明天與謝家的事就成了，突然來一道懿旨完全打亂了這樁婚事。我這可怎麼交代？」阮寧華暴躁極了，一路行來憋壞他了。

「世子爺，什麼懿旨？怎麼就影響三小姐的婚事了？」蘭姨娘還沒明白眼下的狀況，不過心中也暗叫不妙。

「太后下了懿旨，將三丫頭指給璟王爺為王妃了。」阮寧華沒有好氣地說道。

「這……太后怎麼會突然下這樣的懿旨呢？三小姐什麼時候和璟王爺扯上關係了？」蘭姨娘心中湧起一陣不甘心，馬上事情就要成了，卻在這時候她的謀算付諸流水，這讓她怎麼能接受。

璟王爺雖然殘疾了，但到底是鳳子龍孫！

「現在計較這些還有什麼意義，還得想想怎麼和謝家說！」

蘭姨娘在一旁沒有說話。此事是太后賜婚，阮寧華也沒什麼辦法，倒是她這裡保證會促成這樁婚事，才真是不好交代。

當阮寧華和蘭姨娘商量對策的時候，這樁婚事也傳遍京城了。

好奇有之，看好戲有之，氣憤有之。

惠妃母子也是此時才得到消息，七皇子直奔清池宮。

「母妃，皇祖母怎麼會突然下這樣的旨意？這可是完全打亂咱們的計劃！舅舅剛還遞消息進來，說明日就去納采。」七皇子祁辰舉陰著一張臉。

「剛才母妃得到消息，是祁辰逸自己去太后那兒求的，想來也是臨時得到咱們家這邊的消息。」惠妃感到糟心，眼看定下的事就這麼黃了，最關鍵的是還不知道是誰走漏消息了。

「祁辰逸不是回京以後就一直鬱鬱寡歡、無心他事嗎？怎麼突然跟咱們家搶起這門親事來了？」七皇子還是糾結。

「母妃也不知道，只能慶幸是他得了這門親事，他人已殘疾，對咱們無法造成什麼威脅，否則若是別人得了，咱們才真不知道如何是好。」惠妃只能這麼安慰自己和兒子。

其他宮中也有些類似的對話，總之事已至此，也沒有轉圜的餘地。

宣帝心裡也對太后的做法頗有微詞，不過想到這個嫡子為朝廷立下汗馬功勞，年過十九還沒有成家，如今還殘了雙腿，也沒有辦法說什麼，畢竟他外祖家勢力不容小覷。

至此，這樁婚事就是板上釘釘了！

阮瀠當天傍晚收到暖裯的飛鴿傳書，得知渣爹果然要藉著她的親事胡鬧，她也終於知道阮清母女籌謀的陰謀是什麼了。

此時，她不能馬上去找祖母要求回京城，想明日自己想辦法先回去。暖裯那邊還沒有徹底查明白是哪家，不過肯定不是什麼良配。

剛剛收好東西，就收到被賜給璟王爺為王妃的消息，阮瀠也是驚訝非常，不知道是暖裯去求助了，還是王爺自己的想法。

而且是王妃，不是側妃，也不是侍妾，她竟然有這樣大的福分？來傳消息的劉嬤嬤催著她跟老夫人商量回京還有進宮謝恩的事情。

阮瀠趕緊收拾起思緒，跟著劉嬤嬤去正房。

老夫人見到孫女進來，趕忙拉著她坐下。「妳也應該知道消息了。這是太后賜婚，咱們做臣子的也只能領受，就是不知道瀠兒妳心裡怎麼想的？」

老夫人一生見慣風浪，卻是最為操心這個孫女的親事，剛剛和孟家退了婚，還沒為她再張羅一門親事，就被賜婚。

若是從前和璟王爺有這等緣分，是他們家該慶幸，可是眼下璟王爺雙腿殘疾，即便身分地位高貴，她還是覺得委屈了這孩子。

阮瀠看到祖母擔心的眼神，心中一陣柔軟，知道她擔心自己的感受。

「祖母莫要擔心，孫女十分願意。曾經京城裡的閨秀最大夢想就是嫁給璟王爺為妃了，孫女少時也有這種心思。」阮瀠說的也算是實情。

「妳也說了，那是曾經，眼下璟王爺這個狀況……」老夫人說不出別的話，畢竟他年紀輕輕，也是為了黎民百姓。

「孫女愛慕王爺的英勇和智謀，並不會因為自身境遇而改變，所以孫女實在很歡喜。而且經歷孟家這次事件之後，孫女認為身體是否健全，比不上人品重要。」阮瀠正色說道。

老夫人看她這麼說，放心了許多，她真的很害怕一、兩次的婚事不合心意，讓這個聰慧的孩子喪失自己的快樂。

此時她也沒什麼顧慮了，隨即就商量明日啟程回京城，這樣後日就能進宮謝恩了。阮瀠自然答應，回房間去收拾東西。

只是對不起祖母和二嬸了，這一次出門，因為自己的原因，都沒有玩得暢快，今日剛到莊子，明日就要回京城了。

松音得知阮瀠被賜婚的事，很是興奮，她們終於要達成所願了，不僅是為了自己，也為了娘親的一腔情意。

「娘親，妳就快要和爹爹在一起了，是不是很高興？」松音壞壞地調侃道。

阮瀠知道小傢伙也高興，點頭應和，一邊指揮丫鬟們收拾好東西。

就這樣莊子上下忙碌起來，次日一早，老夫人就帶著她們啟程回京城了。

不到傍晚，眾人就回到英國公府。

下了馬車，看到前來迎接的眾人神色各異，阮瀠也覺得真是世事無常，尤其是幾日之前阮清母女還一臉算計，現下卻是一臉灰敗了。

一一互相打過招呼，阮瀠扶著林氏一起隨著老夫人回正院，國公爺等人也都一起去。

進了蒼梧院正房，大家依次坐下，才開始好好說話。

阮灤感覺到阮清嫉妒的目光一直在自己身上打轉，然而她心情舒暢，也就不和她一般見識。

想也知道此次謀算她的婚事不成，蘭姨娘母女會多麼失望和難受，說不定還要搭上些什麼，真是偷雞不著蝕把米。

渣爹看著她也是眼神不善。哼，她暫時還不知道他到底安排了什麼樣的人家，等她弄明白了，以後再慢慢算這筆帳，別以為此次風波過去就完事了，要不是她早早就接觸了王爺，她還不知道要如何被他擺布呢！

「想必都知道太后娘娘賜婚的事情了，這是一樁喜事，灤兒明日就要進宮謝恩了！」英國公率先開口。

阮灤起身行禮應是。

「灤兒的婚事就是咱們家今年最大的事，你們都聽你們母親安排，必定要把婚事辦得體面。」

底下眾人無論真心或假意也都應和，老夫人也就順勢說出自己的安排，主要還是要靠二嬸齊氏操持，由老夫人和林氏處理嫁妝，阮灤則備嫁就好。

一切安排妥當，大夥兒都散了，老國公爺還有事情和老夫人說。

阮寧華今日好不容易處理謝家的約定，感覺很是氣悶，直接回了自己的院子，也沒有去找自己的解語花。

阮清雖然不甘心，也被蘭姨娘拘著帶回自己院中。

阮瀠這邊回屋中，準備明日進宮的衣裳、首飾等物，送林氏回青鸞院，就徑直回雅芙院。

「小姐回來了！」暖裯到院外迎接。

小姐出門這幾日，她過得心驚膽顫、跌宕起伏，也不知道小姐對賜婚一事到底是何看法。

阮瀠拉過暖裯的手，拍了拍。「這幾日在家辛苦妳了，做得很好！」

幾人相偕入了閨房，阮瀠只留了香衾和暖裯伺候。

「查清楚到底是怎麼回事了？」阮瀠一邊卸下釵環，一邊輕聲問著暖裯。

「是世子爺，在外邊遇到武陵伯，他家表示出求親之意。世子爺本來還沒下定決心，從蘭姨娘那兒出來，就跟夫人要小姐您的庚帖，後來得知您自己收著就來問奴婢了。」暖裯將裡外查出來的事情一一說了。

「他可為難妳了？」阮瀠關心道。

「小姐放心，奴婢沒受什麼委屈，世子爺沒在奴婢這裡找到東西，回蘭姨娘處不多久就打發人去謝家傳信，約定第二日謝家來納采、問名。奴婢趕緊讓唐力去找璟王爺幫忙，竟然不多久，太后就下了賜婚的懿旨。」暖裯偷偷看小姐的神色。

看到小姐眸光從冷凝到溫和，大概知道小姐對這門親事是極為滿意。

「知道了。可真是我的好父親，時時為我的婚事操心，今後就讓他好好為大哥哥和四妹妹操心才好呢！」阮瀠壓下心中的怒氣，慢悠悠地說。

別人只是覺得阮寧華的行為不對勁，阮瀠可是知道，武陵伯這個嫡子是表裡不一的人渣，一年後因為荒淫無度，虐待女子，行為變態暴露出來，可是引發軒然大波，就連當時風頭正盛的七皇子都受連累。

渣爹竟然給她找了這門好親事！

呵，他還真不一定了解實情，估計還是蘭姨娘做的好事！

她處心積慮為自己設計的好親事，也是煞費苦心了，等著吧，往後自己也不能虧待阮清才是。

「明日就要進宮了，還是要好好準備！」阮瀠與兩個丫鬟起身準備明日入宮的行頭。

此生她很重視這門親事，自然也很在意明日的見面，雖然皇后也曾經中意自己，可是不一樣，她已經不是曾經的阮瀠了。

不知道明日在宮中能不能遇到王爺？

雖然只是幾日不見，她著實有些想念了！

松音在空間裡要求出來透氣，阮瀠同意了，正好她們在這邊挑衣裳，小丫頭看著櫃子的衣裳，驚嘆連連。

「娘親，那套紅色的，妳穿上肯定美極了！」松音給出意見。

「明日不適合穿得那麼張揚，紅色的太扎眼了。」阮瀠搖頭。

「那套白色的雅致！」松音繼續挑選。

「太素了些！」阮瀠想著還是選些鮮亮的顏色。

挑挑選選，最後定下一套水粉色的衣裙，也挑好明日要戴的粉晶頭面。

阮瀠用過晚膳就回房間，再進入空間。

這些日子在外邊屬實不方便，阮瀠已經幾日沒進空間，此時一進來頓時覺得空氣清新，看到松音飄來飄去地圍著她，要求有漂亮的衣裙，就覺得心情放鬆。

讓松音調整時間流速，她想在空間裡多待些日子，一是放鬆下心情，二是準備一些養顏的香膏進宮之後帶給皇后，還有為太后準備一些助眠的香包，再來就是好好陪伴松音！

在空間中待了半個月，整個人養得更加精神，氣色紅潤，完全褪去這些日子趕路的疲憊。

出了空間，外面天剛矇矇亮，她開始更衣梳頭了。

下著水粉色花卉煙羅紗馬面裙，上著同色蜀錦長襖，配上綴滿珍珠的雲肩，整個人顯得溫婉而柔和，簡單地綰了隨雲髻，配上精緻的粉晶全套頭面，像一朵出塵的粉色睡蓮。

阮瀠去正院和祖母會合，今日由祖母帶著她進宮。

老夫人看到阮瀠的這身打扮，點了點頭，既顯得端莊，又不張揚，還沒有掩蓋她那獨一無二的美貌。

坐上馬車，老夫人叮囑阮瀠不用緊張。

祖母不說，她還不覺得，一提醒，她還真的有些緊張起來。

松音今日也跟著一起，非說要見一見皇宮是什麼樣子，太后是什麼樣子。此時感覺出阮瀠的緊張，還在一邊笑話她。

到了宮門口，早已經有內侍等著接她們，然後帶著人一路往太后的慈安宮。

阮瀠低眉看著腳下，沒有東張西望，反而是松音在她耳邊形容皇宮的樣子，並且夾雜著和天宮的對比，得出的結論還是天上的仙宮更為華美精緻，不過皇宮也是恢弘大氣。

等待內侍入內通報，老夫人對著阮瀠叮囑道：「瀠兒不用怕，祖母在呢，妳以後是要當王妃，今後面對這種情況更多，要早點成長起來才是。」

阮瀠聽在耳裡，終於有了真實的感覺！

原來自從得知賜婚懿旨以來，她雖然欣喜，但一直覺得不真實，她只知道自己終於快要回到王爺身邊，卻忘了深思王妃之位的意義。

她不再是那個默默陪在王爺身後的阿默了，她將是王爺的結髮妻子，是要並肩和他攜手面對一切的人！

想通這些，阮瀠堅定地對祖母點頭，掛上堅定而完美的笑，隨著出來的內侍進了大殿。

「給太后娘娘，皇后娘娘，璟王爺請安……」

原來皇后和王爺也都在！

阮瀠此時竟然有一點點害羞起來。

「快免禮，給英國公夫人和阮家丫頭賜座。」太后很是和善。

阮瀠抬頭望過去，見過太后、皇后，自然是和善慈愛的模樣。

轉頭望向王爺，頓時撞入黑沈沈的眸中，阮瀠內心一震，前世相伴六年多，她早已熟悉他的樣子。

眸中泛起點點亮光嗎？

阮瀠不自覺沈溺。

祁辰逸此時的心緒並不平靜，他見過這位姑娘兩次，一次她出手相助，一次她給他治好腿疾的希望並要求入王府，可以說他原本的生活因為她的出現掀起波瀾。此時是第三次相見，兩人名分已定，他卻感覺到情緒不受自己控制，某種情感彷彿要傾洩而出……

上首眾人看著兩人眸光中流動的繾綣情意，都止不住笑意。

兩個孩子有緣分，看起來可不是初相識的樣子。

這樣更好！

鄭皇后終於放下一顆心，自從兒子受傷回京以後，整個人性情大變，她本來還操心他的婚事，可是後來看到他的態度，還以為這輩子他要孤獨終老呢！沒想到他自己悄無聲息向母后求了懿旨。

本來她還不相信他是出自本心，以為是為了應付自己，因為訂婚人選就是她當初相中的人，今日看兩人之間的氣氛，自己果然是多慮了。

長輩們聊起閒話，阮瀠就在一旁低頭安靜聽著，間或問到她的，她都一一回答了，總之無論言談舉止還是規矩氣度，讓人挑不出一點毛病。

太后在心中暗暗點頭，辰逸這孩子眼光實在不錯，兩人也算是有緣分，真是郎才女貌，佳偶天成。

眾人在宮中用過午膳，祁辰逸也全程陪同。

午膳之後，老夫人帶著阮瀠出宮。出宮前，阮瀠將給太后和皇后的禮物留給伺候的嬤嬤。

對於這樁婚事，老夫人也打消顧慮，看璟王爺那態度，是真的上了心！

第十四章

阮瀠這次進宮算是皆大歡喜，有些人可就沒有那麼快活了。

老夫人帶著阮瀠進宮之後，蘭姨娘也悄悄地出門，見的人正是武陵伯謝安。

如意酒樓的包廂內，謝安正在發著脾氣。

「哼，這就是妳給我打的包票，說是一定能成，眼下不僅沒成，害得我家詹兒動了心思，在家裡鬧得人仰馬翻。」

當初這個女人找上門來，他之所以同意合作，無非是看好英國公府的門第，若是阮瀠嫁過來，不怕英國公不站在七皇子這邊。

沒想到自家兒子知道要和京城第一美人訂親，就像是著了魔，心心念念著那位大美人。而今突然出了賜婚這檔子事，宮裡娘娘和七皇子就此作罷，兒子卻心思落空，在家裡鬧得上下不得安寧。

「謝伯爺，本來一切穩妥的，誰能想到會出賜婚這種事呢？眼下太后娘娘都頒下懿旨，妾身又能有什麼辦法呢？」蘭姨娘滿臉為難。

「本伯爺不管妳有沒有辦法，當初是妳主動要求合作，總不能現下一句沒辦法就推脫了吧？妳若是不想辦法把阮瀠給我們家詹兒定下來，妳不是有個女兒嗎？我就讓她入府為妾！」謝安威脅道。

也不怪他步步緊逼，實在是家中母親也十分慣著自己那兒子，看他在家絕食哭鬧，就來逼他這個老子。

蘭姨娘沒想到謝安會這麼耍賴，卻是毫無辦法，她卻忘了當初選中謝家，正是因為謝家並不是輕易能夠擺脫的對象！

蘭姨娘一想到謝安的威脅，臉色白了白。「謝伯爺息怒，妾身回去好好想想辦法！」

「那就給妳一段時間，妳若是無法，我就把妳主動來找我合作的事情抖出去，或者賠上妳的親生女兒，妳到時候自己選吧！」

謝安說完就大步離開包廂，獨留蘭姨娘一人心情倉皇。

「姨娘，時辰不早了，咱們該回府了。」在外守著的親信春萍提醒著。

蘭姨娘看了看時辰，急匆匆回國公府了。

一路上，她也是一籌莫展，回到院中看到等在房中的阮清，趕忙揮退左右，母女倆說起了私密話。

「姨娘怎麼樣？謝家那邊可是談妥了？」阮清看到自家姨娘那個臉色就感覺大事不

妙，趕忙湊上前來問道。

蘭姨娘搖頭。「謝家那邊不肯善罷甘休！」

「不肯又能如何，那可是太后賜婚，咱們又能怎麼辦？」阮清和蘭姨娘一樣的想法。

「謝家世子對於阮瀠惦念不已，執意不肯就這麼拱手讓人，謝伯爺自然就來威脅姨娘，說若是想不到辦法，就要妳去給謝世子做妾。」蘭姨娘此時也是六神無主，若長子在身邊還可以有個商量，眼下他卻在邊關和阮二爺歷練。

「這怎麼行！姨娘，那謝世子是那樣的人品，女兒若是入府，那不是跳進火坑嗎？」阮清聽蘭姨娘這麼說也是嚇得臉色煞白，她無論如何也不肯去武陵伯府做妾。

「姨娘自然知道，可是咱們必須攪黃阮瀠的這門親事才成呀！」蘭姨娘思考著。

阮清坐在她身邊。「要不然，就讓阮瀠和那謝世子有了夫妻之實，到時候就算是賜婚，皇家估計也不會要一個與別人有染的媳婦！」

「這……萬一天家降罪，兩家豈不是都要受牽連？」蘭姨娘心動了一下，卻還是猶豫。

「不會的，璟王爺也不是真的非阮瀠不可，大不了到時候女兒委屈替她嫁過去嘛！再說祖父可是立過汗馬功勞，總不能因為兒女的婚事而受到大的責罰，就讓他們表現出也是被人算計不就行了。」阮清越說越覺得此計可行。

蘭姨娘也覺得她的話有道理，只要到時候事情做得完美一點，再找個代罪羔羊，說不定兩家都會毫髮無損，就像是女兒說的，皇家只是會氣不過，又不是真的非阮瀠不可。

可是女兒說到替嫁……

「妳也知道璟王爺已經是殘疾了！」蘭姨娘沒想明白女兒的想法。

「那有什麼，我嫁過去可是要做王妃的，雖然璟王爺在爭奪皇位上沒有希望，可是錦衣玉食、榮華富貴絕對少不了。女兒這個出身，這些年受的窮可受夠了，我可不在乎他是不是殘疾，身分地位在那兒就行。到時候生下兒子，那可是王府世子，以後的福氣都在後頭呢！」阮清說到這裡，已經開始暢想自己美好輝煌的未來了。

「妳說得有道理，過陣子就是丞相府每年都要舉辦的金菊宴，恰好是個好機會，姨娘這兩日就去和謝家商量這件事！」蘭姨娘臉色已經恢復了，不得不感嘆這個女兒雖然平時眼皮子淺一些，心機這方面還是隨了自己。

母女兩個在密謀的事，以及之前蘭姨娘出府與謝安見面的種種，都被阮瀠安排的人得知。

自從前兒差點在她們身上栽跟頭，阮瀠就沒有放鬆警惕，不僅收買蘭姨娘院中的丫鬟，也安排功夫好、探查本事高的人，時時注意蘭姨娘母女的動靜。

阮瀠再也不會因為自己的疏忽，而將自己和身邊親人置身於危險之中。

等到她和老夫人回府之後，回了雅芙院，接收到完整的消息。

阮瀠氣得笑了出來。這個阮清還是和前世一般愚蠢膽大。

「娘親，這對母女可真是惡毒！松音這裡有最適合這種惡人的毒！」聽到蘭姨娘母女密謀想要拆散爹爹和娘親，松音就憤怒不已，而且還是那樣骯髒的手段。

「暫時還不用，與其讓她們喪失性命什麼的，自食惡果也許更會讓她們得到教訓！」阮瀠已經有想法了。

香衾、暖裯兩人聽到這件事，也是十分氣憤。

「小姐，這件事情必須趕緊去告訴國公爺和老夫人，那金菊宴今年不去也罷！」香衾素來性子爽直，趕忙說道。

暖裯也在一旁點頭。

「沒憑沒據的，說了誰會信？打草驚蛇反而不美，咱們既然已經知道她們要做什麼，到時候防著些就是了。」阮瀠沒有說自己打算以其人之道還治其人之身，她並不是不信任兩個丫鬟，而是怕她們一個沒注意，走漏風聲。

「妳們兩個最近也要注意，別表露出異樣，若是被她們發現了，再有什麼變故，咱們真的要吃虧了。」想到這裡，阮瀠又囑咐兩句。

香衾、暖裯都點頭應是，她們也知道事情重大，自然不敢有半點馬虎，若是有一點點閃失，小姐遭殃了，她們可是萬死也難辭其咎。

讓幾人下去，阮瀠還要好好想一想接下來該怎麼安排。

金菊宴嗎？她會給阮清安排一門「好親事」的……

換下進宮的衣裳，阮瀠穿上家常衣裳，進了空間。

松音還在一旁憤憤不平，阮瀠卻並不在意。

既然對方已經不計後果了，她也不會留情，到時候是誰倒楣還不一定呢！

看著娘親不在意的樣子，松音在一旁說：「那個噁心的女人還肖想做爹爹的王妃，爹爹哪能要她這樣惡毒的女人，真是恬不知恥。」

阮瀠看著松音的樣子，心中那點芥蒂也消失了。

是呀，她家王爺可不是不挑！阮清那種心思著實噁心人，不過也更證明她的愚蠢。

做了些好吃的食物安撫松音，並且保證絕對不會放過那對母女，阮瀠才出了空間。

白日裡，她一般不會冒險，今日也是情況特殊。

想著今日進宮的情形，林氏應該還惦記著，眼下應該歇晌起來了，阮瀠收拾完就奔著青鸞院而去，由香衾為她撐傘遮陽。

還真是這麼巧，又在路中遇到阮清。

「還沒有恭喜三姊姊，就要嫁入璟王府為王妃了！」阮清上來見禮，還是那副假惺惺的樣子，殊不知她眼中的野心已經分毫畢現。

「多謝妹妹了，要說姊姊前陣子還以為自己人生沒有指望了，沒想到峰迴路轉，得此良人。」阮瀠轉動著手腕上的玉髓手串，滿臉幸福地說道。

果然阮清差點掩蓋不住自己嫉妒的表情，她可是看到阮瀠從宮裡帶了多少賞賜回來！

「是呢！姊姊的運氣著實是好呢！」阮清這話說得很不經心的樣子。

「這麼說還是有道理呢！我和祖母在華安寺求的籤還真是靈呢！不過姊姊有了好事也不會忘了妹妹，妹妹的親事，姊姊一定會上心的！」阮瀠語氣輕柔，實則飽含深意。

阮清沒興趣和阮瀠演姊妹情深，她想著半個月之後，阮瀠就要失去目前洋洋得意的婚事，還有一直以來在京中的形象，勉強壓住上湧的酸意，笑著道：「那就多謝姊姊了，也祝願姊姊萬事如意才好！」

「姊姊還有事，先走一步了。」阮瀠笑著點頭，轉身離開，搖曳生姿。

阮清站在原地良久，久到丫鬟彩娟都以為自家小姐要在大日頭下面站到天荒地老，才看到阮清陰著一張臉轉身離去。

太后賜婚後，阮瀠就一直在府中繡嫁衣。其間出去過一次，到沈勉府上為夫人秦氏診治施針，按照自己的方法醫治調養，她果然好了不少。

秦氏十分感激阮瀠的恩情，得知其賜婚的消息，送了一套精美的寶石頭面給她做賀禮。

沈勉看著眼前精神奕奕的女子，又想起現在孟修言在翰林院中不得志的樣子，心中暗道，那個孟修言是個沒有福氣的人！

不說阮瀠的人品、相貌和才幹，單說孟修言家世不顯，雖然才華頗為出眾，但是沒有伯樂，也很難在翰林院那種地方混出頭。他本來還看好孟修言，也因為進一步了解而放棄，在他看來孟修言若是沒有別的機遇，估計沒有什麼前程可言，可真是被婦孺之見耽誤了。

診治結束，阮瀠乘馬車回府的路上，在喧鬧的大街上看到一個頗為熟悉的身影。

那人雖然身上傷痕累累，但是依稀能看得出樣貌，正是陳楚兒身邊的大丫鬟紅珠！

上輩子紅珠可是一直跟在陳楚兒身邊的親信丫鬟，心思頗深，現在怎麼會落到人牙子手裡被當街買賣？而且看她那狼狽的樣子，應該是受了不少苦頭。

「去問問那個女子是怎麼回事？」阮瀠讓隨行的車夫去問。

不一會兒，車夫回來回稟道：「小姐，奴才問了，那女子原在大戶人家伺候，因為在主家犯了小錯，才被趕出來，規矩都是不錯的。」

這個車夫也是好奇，三小姐怎麼會對路邊買賣的人感興趣，他們國公府可不缺身家清白伺候的人，那女子一看樣子就不是犯了小錯的……

「你去買下她，然後讓人送到宣化街的小院子去。」阮瀠大概猜出是怎麼回事了。陳楚兒那一胎算一算應該也快要到三個月了，應該是陳楚兒意識到自己不是真的懷了孩子，而紅珠恰巧知道了些什麼。

以陳楚兒多疑的性格，估計不會讓一個知道她驚天大秘密的丫鬟繼續在身邊伺候，一定是想著法子把人打發出來，不過眼下的陳楚兒還沒有辦法隻手遮天，所以這個紅珠才只是受了皮外傷。

將紅珠買下後，阮瀠並沒有急著做什麼，按照原定計劃回了國公府。

一轉眼就到了九月初六這天，初秋天朗氣清，丞相府金菊宴算是這段日子最盛大的宴會了。

各家女眷都盛裝出席，因為這一日京城的年輕男女沒有那麼多避諱，也沒有那麼多阻隔，算是一個彼此相看的好時機。

林氏本來想跟著來湊熱鬧，卻被阮瀠勸阻了，今日的金菊宴注定不平靜。

老夫人帶著二夫人、阮瀠、阮清和阮昭一起出發。

「娘親，那花真的有妳說的開得那麼美，菊花有這麼多品種呀？」松音是頭一次參加這種賞花宴，自然是疑問頗多。

「這有什麼，一會兒還能喝到菊花茶，還有菊花做的點心，一會兒娘親拿給妳嚐嚐。」阮瀠笑著回答小丫頭的問題，知道她最關心的就是吃食，趕忙為她介紹。

松音聽到歡呼連連，她覺得選擇下來歷練是最明智的選擇，比在仙宮中無休無止的煉藥好多了，現在生活簡直豐富多彩。

尤其今日為了破除某人的陰謀，娘親打算用她準備的藥，松音就很期待。不是她小醫仙吹牛，那藥絕對好用，並且沒有人能夠察覺。

阮瀠向後瞥了瞥阮清，現在的阮清還太稚嫩了，今日出門尤為安靜，不像以前那個討巧的樣子，一看就知道心懷鬼胎。

此時阮清內心正如阮瀠所想是極度不平靜，她倒沒有害怕，今日的安排可謂天衣無縫。謝府那邊十分贊同蘭姨娘的主意，因為蘭姨娘這邊力量有限，很多佈置都是武陵伯府安排的。

過了今日，阮瀠將變成整個英國公府的恥辱，將不復萬千寵愛於一身，而她阮清將替代她成為王妃。

一想到這些，她就克制不住自己血液裡迸發的興奮，只能一再提醒自己要沈住氣，莫要露了馬腳。

就這樣各懷心思的人一路行來，好像只有松音是全心投入欣賞接下來的美景。

進了會客廳，與丞相夫人見了禮，年輕姑娘們就被丫鬟們帶去園子裡。

丞相府的花園裡擺滿各種名品菊花，點絳唇、紫龍臥雪、瑤臺玉鳳、香山雛鳳、輕見千鳥、胭脂點雪……

最吸引人爭相駐足的，就是用白毛菊和綠菊做的孔雀開屏，正是此園中最美的景緻。

「妹妹到那邊去找劉家姑娘說說話，就不和姊姊一處了。」阮清一到這地方就找藉口離去。

阮瀠自然是沒有什麼意見，若不給阮清單獨的機會，又怎麼能有接下來的好戲呢？

「阮瀠，好久不見了。」來人是武安侯府嫡女孫嬌嬌。

阮瀠對此人頗有好感，看到人主動來打招呼，微笑地點點頭。

「嬌嬌，是有些日子沒見了。」

「還沒有恭喜妳，得逃火坑，重覓良緣！」孫嬌嬌滿臉笑容，真摯地恭喜道。

「謝謝！」阮瀠也笑著回應。

「看樣子妳是真的喜歡這次賜婚。上次在大長公主的壽宴上見到妳，我就覺得妳並不滿意孟家的婚事，那時候我還想，我若是妳，一定會退了那椿父母決定的親事，畢竟那孟家行事實在讓人不悅。現在好了，妳有機會嫁入璟王府，也算是天賜的良緣。」雖然兩個人的關係沒有親近到這種地步，但孫嬌嬌這番話說得真誠。

「是呢，我的確很滿意太后娘娘的賜婚，也很慶幸自己有這個福氣。」阮瀠並沒有要掩藏自己的心思。

「妳果然和她們說的不一樣，璟王爺沒有受傷之前，京中那麼多貴女都想要嫁給他，人受傷回來了，她們卻避之唯恐不及。當初皇后娘娘相看妳，妳卻許給孟家，很多人都說，妳是為了逃避和璟王爺的這門婚事，我卻不這麼認為。看樣子我沒看錯人！」

孫嬌嬌彷彿因為自己發現的事而高興。

阮瀠也感動於素來點頭之交的女子對自己釋出的善意。

「妳呢？我聽說你們家最近在與明遠伯府的世子議親？」阮瀠想起前世的那些傳言，想著既然對方對她釋放出善意，而且性格頗為對自己胃口，她也忍不住有些事情想要稍微提醒一下。

「是柳月晴的哥哥。」孫嬌嬌一提到自己的婚事，沒有旁的閨秀那種嬌羞反應，反而像是在說一件與自己不相干的事情。

「我聽說柳世子有一個丫鬟，雖然還沒有納為妾，卻是同進同出，據說兩人從小一起長大，感情甚篤！」阮瀠隱晦地說道。

其實這個丫鬟此時應該已經被暗中收入房中，只是還沒有公諸於眾，今後這位寵妾著實在京中出了名。

孫嬌嬌一聽阮瀠這麼說，也認真起來，她相信阮瀠不是沒根據亂嚼舌根的人。她雖然不喜歡明遠伯府的柳世子，可是這樣沒成婚就和自家丫鬟廝混在一起的人，品行就是有問題，所以她是不能同意這樁婚事了。好在父母最是疼愛她，她今日回家就要拒了這門親。

「謝謝妳告訴我這件事！」孫嬌嬌沒有一般閨秀身上的矯情，反而很是爽快。

「我也只是聽說罷了，具體事實怎麼樣，還是需要妳親自去查看，想必今日也是一個好機會！」阮瀠剛剛在街上，就看到明遠伯府的柳世子坐著馬車，車內傳出女人笑聲陣陣。

孫嬌嬌點了點頭，轉身離去。

「娘親平時並不是多嘴之人，今日怎麼願意點醒這位姑娘？」松音好奇。

「有些人往往願意在不如意的日子裡掙扎求存，即便不好的境地，也會努力讓自己過好，這樣的人不應該被命運辜負，所以我就提醒一句，之後結局怎麼樣，也就與我無關了。」阮瀠淡然回覆。

舉目四望，看到阮清和劉家姑娘談笑，阮瀠扯唇笑了笑。她慢慢踱步到僻靜一些的地方，今日來的賓客眾多，雖然沒有像孫嬌嬌一樣直接上來恭賀的人，但想要來攀談套近乎的人不少，所以阮瀠自然要為接下來的事情創造一點機會。

果然，一個丫鬟端著茶盞行來，錯身而過一個不小心，摔了一跤，茶盞順勢就飛向阮瀠今日穿的青色雲錦衣裙上。

「這位小姐，奴婢不是故意的，您沒事吧？」丫鬟倉皇道歉，緊張得彷彿要哭出來一般。

「起來吧！妳也不是故意的，只是這衣衫濕了……」阮瀠故作為難。

「小姐可帶了替換的衣裙？讓丫鬟姊姊去取來，奴婢帶您去準備的客房換過吧？」大戶人家的閨秀出門一定會帶替換衣裳，就是為了防止出現這種突發狀況。

「好呀，那就多謝妳了。」阮瀠溫和的笑，笑容中夾雜著細碎的冰冷。

只不過這丫鬟只顧著領路，忽略了這些……

第十五章

不到一刻鐘，阮瀠回到花園中，身上衣裳和剛剛那件一模一樣，只是沒有水漬。她漸漸融入人群，遠遠地見孫嬌嬌回來，她也只是微笑地點了點頭。看孫嬌嬌深思的神色，阮瀠知道她應該看到了。

「阮小姐，您這身蜀錦衣衫可真是美，穿在您身上更彰顯那種神韻。」又來一個想要討好之人。

此次阮瀠竟然頗有興趣地交談幾句。

「各位小姐，花園東側設了席面，請去品嚐菊花茶飲，各色菊花糕點！」一個婢女前來傳話。

各家閨秀紛紛轉身，這可是金菊宴上的重頭戲，男女並沒有如往日一般隔開而坐，正是互相相看的好時機。

松音悄悄在耳邊嘀咕。「娘親，好戲是不是快開演了？」

阮瀠保持面色平靜，一邊與那位閨秀笑談著。

此去東邊席面，正好要經過那邊的客房，也是謝家安排好的地方。估計一會兒就會有謝家安排好的人恰巧去那屋子，路過的閨秀正好撞破那事。

不得不說，這安排也算是環環相扣，不可謂不妙。

還沒有等她回應，果然一陣尖叫聲吸引大家的注意，就見大理寺卿家的大兒媳婦正扶著她婆母推開那客房的門，客房並沒有屏風遮擋，想來也是謝家故意安排好的。

門外人正好一眼就望進內裡的情形，一對年輕男女恍若被開門的聲音驚醒，轉過面孔，同時驚叫出聲！

屋內情形不堪入目，在場路過的大家閨秀終於反應過來眼下的情形，紛紛轉身趕忙離開，誰都沒注意到阮瀠含笑的側臉。

大理寺卿夫人一反應過來是什麼狀況，趕忙讓丫鬟掩上門，讓人去通知兩家前來赴宴的長輩速速過來。

阮瀠畢竟是當事人的家人，也不好馬上就和別的閨秀一般掩面離開，只能默默找個角落駐足。

屋內兩人已經懵了，武陵伯世子謝詹知道家裡本來設計給阮瀠下藥，然後他撞進來被纏上，他們家既然接手整件事情的安排，自然要撇清自家的責任。

剛開始一切正常，他入內正看到屋內女子難受的身影，可是還沒等自己靠前，卻突然意識模糊，接下來的事情就一發不可收拾了……

眼下被撞破，他才清醒過來，看到床上那女子並不是第一美女，而是她的那位庶妹。

謝詹整個人勃然發怒，心想一定是蘭姨娘害怕得罪皇家，又貪圖他們伯府富貴，才將自己的女兒送來。既然她敢這麼做，就要有承擔後果的勇氣！

而眼下的阮清真的要崩潰了，她原本就是看丫鬟帶走阮瀠，本想跟去看阮瀠是怎樣一步步走向萬劫不復，卻沒想到自己竟成了這個局中的主角！

看到凌亂的衣衫、床鋪和眼前男子不善的目光，阮清終於認清了事實，只是事實太過可怕，她暈死過去。

謝詹看著暈死過去的女人，頓時覺得晦氣，趕忙起身整理衣服。他知道接下來會發生什麼事，只不過人換了，他也不得不認栽，想一想都覺得倒楣。

另一廂，丫鬟們分別去請了英國公夫人和武陵伯夫人許氏，還有英國公世子與武陵伯。

英國公夫人聽到丫鬟們隱晦地說出此事，心裡巨震，怎會發生這種事情！

還沒等她釐清思路，就聽一旁的武陵伯夫人在一邊搭話。「老夫人，事情您也知曉了，也不知道兩個孩子是受了別人算計，還是別的什麼情況，眼下我們兩家可是一條船上的，您看……」

英國公夫人心中像被油煎一般煎熬，還沒等她答話，武陵伯夫人就繼續說：「三小姐已然被賜婚給璟王爺，可是出了這事，這婚事必然是無法進行下去了，我們謝家是一定會負責的，只是皇家的怒火，咱們兩家可要好好商量一下才是！」

英國公夫人看到侃侃而談的許氏，越發覺得今日之事不對勁，眼下也不是計較的時候，她也不吭聲，由丫鬟攙扶著快步奔著客房而去。

阮寧華與武陵伯這邊也是類似的對話。

阮寧華雖然不疼愛這個嫡女，她畢竟已經被賜婚了，這時出了這事，他有點六神無主，聽到武陵伯這番話，好像找到了支撐一樣，連連點頭。「是要我們兩家共同應對才是。」

等到老夫人和許氏到客房這邊，阮瀠第一時間衝了上來。

「祖母，您可要為四妹妹做主，她……」阮瀠說著話，臉上顯示出傷心難過，彷彿真的是擔心妹妹的好姊姊。

英國公夫人感受到孫女的小手，終於有了真實感，心中的巨石落了下來。

一想到剛剛許氏的話，丫鬟說是阮家小姐，許氏就已經篤定是阮瀠的樣子，她心中狐疑，是真的一般誤會還是另有陰謀，真的不好說。

即便有陰謀，阮家勢必得認栽，好在阮瀠沒事，否則她真不知道要如何是好……

武陵伯夫人看到阮瀠衝了上來，也知道事情有變，她畢竟城府深，眼中異光閃過，恢復剛剛焦急的神色。

這時武陵伯和阮寧華也趕到了。

阮寧華看到在老夫人身邊哀傷哭泣的嫡女，頓時勃然大怒。「妳這個逆女，竟然做出這樣的事來！妳這是想……」

還沒等他說完，阮寧華就看到自家母親拿起枴杖要打到他身上。

「母親，都到了這種時候，您還要袒護這個逆女！」阮寧華大吼道。

「好了，臉都要被你丟盡了。裡面是四丫頭，你在這裡發什麼瘋？」

英國公夫人怒斥著這個傻兒子，心中只覺得哀傷。這個兒子雖然是長子，卻心性不足，能力不足，這些年越發糊塗，偏寵妾室庶女，偏偏她們也不是安分守己的人。她真的擔心英國公府交到他手上的未來。

阮寧華怔住。不是說大女兒嗎？怎麼會是小女兒？

正巧這時候謝詹整理好出來了，看到院中的人，他臉色可不好，尤其看到阮瀠也在，他目光浮現出一種讓人毛骨悚然的感覺。

英國公夫人自然捕捉到這個眼神，她越發肯定今天的事情估計是衝著阮瀠而來，只是不知道為什麼，屋內的人竟然是阮清。

老夫人擺擺手進了屋子，看著暈死過去的阮清，她氣得臉色鐵青，連忙讓劉嬤嬤進去幫著整理。

此時其他人倒是不適合入內，都等在院子中。

阮寧華從最疼愛的小女兒做出這等事情的衝擊中回過神來，想起謝安說被人算計的話，他就是怒從心中起。

「妳一個做姊姊的，出門就不知道看好妹妹嗎？竟然能讓她遭受這種事情，妳讓她今後如何面對世人……」阮寧華的火氣自然就對著不受寵愛的嫡女發洩。

松音一聽到這話就不高興了。「這也配叫父親，剛剛以為娘親出事上來就是破口大罵，現在出事的不是娘親，也來找您的麻煩，要不要臉啊！心都偏屁股上了吧？我一定讓他嚐嚐我精心製作的毒藥！」

阮瀠早就預料到阮寧華的反應，也不覺得傷心，聽到松音的話只覺得心中暖暖的，可戲還是要演下去。

「父親，是四妹妹要去找手帕交聊天，我也是沒想到怎麼會發生這種事情。妹妹……」阮瀠竟然嚶嚶哭泣起來。

大理寺卿夫人和她的兒媳目睹了整件事情的過程，只覺得嘆為觀止。

人人都說這位英國公世子沒有繼承自己父親的才幹，卻沒想到人還糊塗至此，竟然為了庶女對嫡女如此，而且是馬上成為璟王妃的嫡女橫加指責，真是……

屋內，劉嬤嬤弄醒阮清，阮清緩緩睜開眼睛，一瞬間以為剛剛發生的事情都是一場惡夢，可是身體疼痛的感覺讓她不得不接受。

阮清失神呢喃道：「怎麼會這樣……明明應該是阮瀠……」

聲音雖輕，英國公夫人和劉嬤嬤卻聽到了，兩人互相對視，已經明白今天這情形是怎麼回事了。

可是……阮清又是怎麼和謝家糾纏到一起的？種種皆是謎團。

英國公夫人對阮清那點憐惜也沒有了，讓劉嬤嬤帶著人出去。

出了屋子，英國公夫人目光掃視一圈院內眾人。「今日之事，勢必要有個說法，不過眼下到底不便，謝府擇日再到府上詳談吧！」

英國公夫人說完，帶著阮寧華和阮瀠就此離開。

謝家眾人不宜久留，也相偕離開。

今日之事明明安排得萬無一失，怎麼會發生眼下的情況，謝家也很疑惑，不過他們懷疑是蘭姨娘的手段，因為這事只有兩方知道。至於阮瀠一個閨閣女子，他們是不會往她身上聯想的。

上了馬車，阮清一直用怨毒的眼神盯著阮瀠，阮瀠卻一直表現出自己的關切。

英國公夫人猜到內情，怒氣洶湧，可是眼下也不能表現出來。

她回府會讓人查清前因後果再來算總帳！

兩家人一走，京中關於武陵伯世子與英國公府庶女的這樁事已經傳遍大街小巷。

英國公府內，蘭姨娘還在作著美夢，不需要到明天，阮瀅所做的事將會像長了翅膀一般傳遍京城，到時候她會向世子爺建議阮清替姊姊贖罪替嫁，即便是側妃也好！

林氏這一胎，經過今天這事，可不一定還能保得住，那麼……

她有一個做世子的兒子，一個王妃女兒，至少一個平妻之位是穩了。

等老夫人等人沒了，沒人護著林氏，那正妻之位和她的嫁妝……

一想到這些，蘭姨娘簡直無法克制內心的野望。

估摸著眾人差不多時間該回來了，怎麼還沒有動靜？

蘭姨娘有心想讓人出去打探一下，可是又怕打草驚蛇，最近她也發現老夫人讓人緊盯著這邊，所以在府中她實在不敢輕舉妄動。

確實如她所想，老夫人等人已經回府了，阮清直接被送到廂房，名義上是在正院休息，實則被軟禁。

阮寧華倒是有異議，老夫人下令他必須老實待在正院不准出去。

阮瀠本以為自己一個姑娘不適合待在這裡，老夫人卻覺得此事涉及她，雖然她是被算計的一方，但也教她防人之心不可無。

英國公一回來就被自己老妻請了過來，一起在正院等待查出來的結果。

英國公和老夫人到底有些手段，不出一個時辰就派人將前因後果查得明明白白，之所以這麼順利，主要還是阮瀠這邊暗地將這些線索提供出去。

等英國公夫婦看到呈上來的內容和證據，英國公已經氣得臉色脹紅。

這一樁樁一件件都是家裡人招上來的，蘭姨娘精心謀劃替阮瀠定下武陵伯府的親事，奈何太后火速賜婚，這事落空，她又想要今日直接壞了阮瀠的清白，攪黃了這樁婚事。還是阮瀠運氣好，她自己的女兒自食惡果。

阮寧華此時坐在下首，看到父親發怒，他也是大氣不敢喘的樣子。他不知道自己前些日子做的事情有沒有被查出來。

「去把蘭姨娘帶過來！」老夫人發話。

阮寧華還一頭霧水。這關愛妾什麼事？

英國公看著他的神情，將查出來的東西甩到他的臉上。

「你自己看看你的人幹出來的好事！還有你自己跟著做的事！哼，若不是太后賜婚，你就這麼隨便給瀠兒找了這樣的人家？別以為我不知道你怎麼想的！」

他英國公一生光明磊落，沒想到家中竟然有如此陰險狡詐的人在府中蹦躂，險些釀成大禍，帶累了家名不說，還想要毀了阮瀠，實在是其心可誅！

阮寧華心虛地撿起紙張看下去，瞳孔瞪大。

「這怎麼可能？蘭兒只是一個內宅婦人，根本沒有這麼大的本事，這一定是搞錯了！」阮寧華無法相信自己一直寵愛有加的貼心人竟然會這麼做。

看著不成器的兒子，英國公已經不願生氣，他也開始想，世子之位交給這樣的人，真的不是英國公府的禍事嗎？

蘭姨娘那邊焦急等待的時候，終於有正院的人前來傳話要叫她過去，她以為是事成了，努力壓抑自己眼角眉梢透露出的喜悅。

進了正院，看到上首之人生氣憤怒的神情；阮寧華臉色蒼白，頭上甚至冒了虛汗；阮瀠正在翻看調查結果……

一同參加宴會的女兒呢？

蘭姨娘終於意識到事情不對勁。

英國公雖然很是氣憤，到底講規矩，內宅的事情交給自己夫人去處理。老夫人處事公正，極有章法，他只要在一旁坐鎮便可。

「蘭姨娘，妳可知道叫妳來所謂何事？」老夫人發問。

蘭姨娘此時已經預感到大事不妙，卻也不知道問題出在哪裡。

「回老夫人的話，妾身不知。」她低著頭回應。

「妳竟然不知？妳和武陵伯府勾結，算計瀠兒的事也不知嗎？」老夫人聲音陡然一厲，目光冰冷地望著下面的人。

蘭姨娘一聽此話，臉色煞時變得蒼白，撲通跪在地上想要為自己辯白。

「妳也不用狡辯，沒有十足的證據，我也不會叫妳！」老夫人不想聽她無謂的掙扎，這女人素來會作戲，以往她只覺得是為了爭寵攏住兒子的心，現在看來可真是心如蛇蠍。

蘭姨娘到底聰明，知道事情敗露，辯無可辯，連忙用一雙可憐兮兮的眼睛望著阮寧華，期望這個男人能為自己解圍。

「父親、母親，是兒子沒有管好自己內宅之事，讓您二老操心了。兒子會罰蘭姨娘禁足一年，抄經懺悔的……蘭姨娘畢竟為兒子生兒育女，這次的事想必也是一時鬼迷心竅……」阮寧華說這些話也是硬著頭皮面對父母那嚇人的眼神。

他知道以母親的手段，蘭姨娘絕對沒有好果子吃。

蘭姨娘畢竟是陪了他這麼些年的女人，是他最可心的人，為自己生兒育女，排憂解難，他不能棄她於不顧。

阮瀠早就料到阮寧華會袒護蘭姨娘，上輩子就連整個家族，在渣爹心中也比不上蘭姨娘和阮謙，所以她一點都不意外。

英國公和老夫人聽明白兒子這番話的意思，英國公氣得都想上摺子取消阮寧華的世子之位，可是看到阮瀠，他控制住那種衝動。

孫女就要嫁入王府了，若是自己這麼做，豈不是讓孫女沒臉？

「哼，你倒是護著她，既然你說那是你內宅的事，接下來的事，我和你父親就不管了。阮清你帶回去全權處理吧！這個女人若是再興風作浪，你就帶著她滾出英國公府去，我和你父親權當沒有生養了你！你也別僥倖，你的世子之位，我們也就是看瀠兒要出嫁了，給她做足臉面，你若是還敢做出什麼事，自己捲鋪蓋走人吧！我們英國公府沒有你這樣的子孫。」老夫人也是內心哀傷。

這個兒子糊塗至極，而且偏心至極，既然他執意護著那個女人，那也就別怪他們心狠。

阮寧華聽到母親的話一個踉蹌，他沒想到母親會說出這樣狠話來，他可是他們的兒子，看著上首父親認同的模樣，他真的是惶恐至極。

他知道自己才能比不上父親，距離弟弟都差上一截，所以有這個世子之位算是他唯一的憑仗，如今看父母這個態度，他知道自己對愛妾的袒護真的觸碰到父母的底線，好在並不是沒有挽回的機會。

英國公擺擺手。「帶著你的人還有女兒回去吧！阮清今日的事也算是自食惡果，結果如何，你自己去和武陵伯府談，既然是你後宅的事情，你就自己出銀子置辦，公中一錢銀子也不會出。你也不要去煩你家夫人，她懷著孩子，若是有任何閃失，你就帶著你的人離開吧！」

英國公也算是下了狠心，他太清楚這個兒子是什麼性子，也知道蘭姨娘最在乎的是什麼，語帶警告。

阮瀠一陣感動，祖父這麼說，也算是護著娘親省著被渣爹煩擾了。

阮寧華和蘭姨娘聽到這裡，只覺得一陣絕望。

武陵伯府想要娶的人是阮瀠，出了這事他們家可未必會給阮清正妻之位，畢竟身分在這呢！而他們唯一的依仗英國公卻甩手不管了，嫁妝也不出，阮清這未來可怎麼辦呀？

可是看英國公和英國公夫人鐵了心的樣子，也知道多說無益，畢竟蘭姨娘做的事情被人查了個明明白白，此時說什麼也是無用的。

阮清被阮寧華和蘭姨娘帶走的時候，整個人還是呆呆的。

她怎麼也想不明白到底事情是如何發生的，最令她驚訝的是，明明被丫鬟潑了茶盞的阮瀠竟然身著今日出門的衣裳，沒有一絲水漬，車裡的備用衣裙還好好地放在馬車上。

可是她親眼見到丫鬟潑了茶盞，阮瀠下去更換衣裳，這怎麼可能呢？

阮清卻不知道，阮瀠有空間這個利器，加之還有松音配製讓人忘記某些片段的靈藥。

阮寧華出了正院，也不理會蘭姨娘母女悲切的情緒，他今日也是深受打擊，需要靜一靜。

他沒說什麼，就自行離開了，臨走前讓自己的親信先把蘭姨娘帶回院子禁足。

若是這事還不做，他可真害怕父親一氣之下真的取消他世子的身分。

阮清看到蘭姨娘被帶走，才知道自己這方的一切謀算都暴露了，眼下她剛剛經歷那樣可怕的事情，父親根本甩手不管，姨娘也是自身難保。

她該怎麼辦？誰能為她做主？

一想到這些事情，阮清恨不得永遠昏死過去。

丫鬟看阮清站在正院門口哭哭啼啼，趕忙想要上去攙扶她回去，她卻狠狠地擰了彩娟的胳膊。

「該在的時候，妳死哪裡去了！」

彩娟一臉委屈，當初就是小姐打發她別跟著，現在卻又遷怒她！

可是她也不敢回應，看小姐那赤紅的眼睛，她都不知道該怎麼面對接下來的日子……

第十六章

從金菊宴回來，武陵伯府這邊自然是極度不快，謝詹回府後又是大鬧一場。謝家查了來龍去脈，都沒查出什麼蛛絲馬跡，只查出阮清拋下丫鬟自己湊上來，謝府認定自家這是被蘭姨娘給耍了。

可是，現在京城裡這件事已經傳得沸沸揚揚了，他們家也不能沒什麼表示，故決定明日去英國公府提親，許阮清一個貴妾的位置罷了，世子夫人是絕不可能的。別說她一個姨娘生的庶女，就說這入府的緣由，他們家也丟不起這個人。

至於今後如何對待，看英國公府的態度了，左右一個妾罷了。

璟王府內，祁辰逸也正在聽影九對於整件事的匯報，整個人雖然面色平靜，但是任誰都能感覺到他隱藏的怒火。

「看來惠妃和老七還是沒有放棄英國公府？」

「那倒不是，他們還真不知道武陵伯府的打算，是謝詹在家中鬧得不可開交，武陵伯才出此下策！」影九將查到的情況如實稟報。

「哼，本王還不至於針對一條狗，既然武陵伯府犯了錯，本王自然要找老七算帳！」

至於謀算整件事情的蘭姨娘和阮清，暫時還不需要他動手，可以想見她們今後的日子會怎麼樣。

祁辰逸心中慶幸自己的準王妃不是全無防備，能夠保護好自己，雖然影九沒查明白阮瀠是怎麼破了這頗為巧妙的局，但是種種跡象表明，她早就開始盯著蘭姨娘，並且對陰謀早已有所掌握。

影九在一旁看著王爺若有所思，甚至嘴角牽扯出一點點的弧度。

「老七在宮外不是有個紅顏知己，惠妃還不知情嗎？讓人透露給她知道。」祁辰逸突然出聲吩咐。

既然祁辰舉的親信想要壞自己的親事，自己不反擊，豈不是太沒用了？

不出一個時辰，清池宮內，惠妃在大殿中走來走去。

「都不給本宮省心，他們是不是覺得現在的日子過得太順遂了！」

身邊的親信錢嬤嬤看自家主子氣成這樣，也能感同身受。

整個京城都知道武陵伯府的事，宮中妃嬪指不定怎麼笑話惠妃的姪兒，光天化日與英國公庶女無媒苟合呢！

這也就罷了，認下這門親事，給個妾室的位置也就夠了，流言總會慢慢平息。沒一會兒，惠妃又得知一向低調自持的兒子，竟然在宮外養了一個紅顏知己，還是個出身青樓的，她簡直要氣死了！

她可是好不容易替兒子找了鎮北將軍府湯家的親事，若是被人發現兒子在外養青樓女子，說不定會釀成什麼軒然大波呢！她絕不允許因為這種事情壞了兒子的名聲，還有那麼好的親事。

「派人趕緊去把那個女子處理了。」

錢嬤嬤趕忙應聲下去安排。

之後惠妃就焦急地在宮中等消息，還沒等來自己的人成事，就被七皇子撞見了。

這個傍晚，黑雲壓得很低，明明上午還晴朗的天，轉瞬巨變，彷彿醞釀著一場大雨，讓人在這個九月裡也悶得喘不過氣來。

京城柳成胡同一個不起眼的小院子裡，正房裡傳來女子的痛呼聲。

「主子，您怎麼樣了？您不要嚇奴婢呀！嬤嬤已經去請大夫了，您一定要挺住呀！」屋內的小丫鬟焦急地拉著自家小姐的手，哭得上氣不接下氣。

「小喜，我真的好害怕，妳去幫我把殿下找來好不好？」床上女子此時蒼白著一張芙蓉面孔，滿臉都是虛汗，虛弱地哀求著。

「主子，您別怕，小喜在這裡陪著您呢！您等嬤嬤回來，奴婢就讓她去宮門那裡等著，宮門一開就讓人傳消息進去。」小喜看到這個時候自己主子還是惦記著七皇子，心裡別提有多難受。

床上的孔雙兒沈默了。

是呀，那個男人是尊貴的皇子殿下，不是自己想見就能夠立刻見到的人，這時她不知道應不應該後悔自己的選擇了。

可是自己有什麼選擇的餘地呢？現下的一切都不是自己能選的。

「主子，大夫來了……」一個穿著灰色襦裙的老婆子氣喘吁吁地跑進來。

後面的老大夫也是累得夠嗆，拿著藥箱慌忙到床前，小喜讓開最裡面的位置。

此時，惠妃母子正為了這女子吵得不可開交。

「母妃，您怎麼能這樣呢？兒臣已經聽您的話要娶那個湯家女，但雙兒是兒臣最喜歡的女子，您怎麼就不能成全兒臣這一片心呢？」七皇子祁辰舉氣急敗壞地指責自己這個素來高貴的母親。

「成全？你竟然要本宮成全你和一個青樓女子的感情？」惠妃平靜的表情在聽到兒子的指責後變得勃然大怒，伸手就將描花茶盞扔到祁辰舉身上。「看來本宮真是太慣著你了，才讓你和一個青樓女子之間有了這樣的私情，到如今你竟然沒有反思自己的過錯，反而在這裡指責你的母親？」

「母妃，雙兒雖然是青樓裡出來的沒錯，但她跟著兒臣的時候可是清白之身，在那種地方也不是她想要的，請您不要一口一個青樓女子的稱呼她。」

祁辰舉對自己母親的態度不滿意，覺得男人三妻四妾有什麼值得大呼小叫的，就連四皇子身邊還有幾個侍妾呢！自己只不過是喜歡一個女子，雖然出身不好一些，可是他自然有法子抹掉這些過往。

「呵呵……真是可笑，從那種地方出來，你以為別人在乎的是她還清不清白這種事情嗎？本宮倒是沒想到自己還生了一個情種？出身的問題暫且不說，本宮問你是怎麼想的，竟然在宮外安置一個外室？」惠妃簡直要被自己寵愛的這個兒子氣笑了。

「兒臣就是喜歡雙兒罷了，兒子知道湯家女進門之前不適宜納妾，所以才把人安置在外面，就算被別人知道了，也暫時可以說是幫助孤苦無依的女子，沒想到最先被您發現了……」

剩下的話他有點說不下去了，他本來打算等湯家女進府之後，再慢慢想辦法把雙兒接進去，沒想到還沒有瞞多久就被母妃知道了。

祁辰舉在心裡暗暗思忖著：要是被他知道是誰走漏了風聲，他一定不會饒了那人！

「本宮還要誇你知道分寸？」

惠妃真的對這個兒子有點失望，她苦心籌謀，一直以來維持著賢良的形象，親自教導他恭敬有禮、孝順懂事，沒想到他私底下竟然出這種紕漏。

「母妃有這個精力還是管管外祖父家吧！舅舅做的事都已經傳得到處都是了。雙兒的事，兒臣自有分寸。」祁辰舉頂嘴道。

「你……」

看兒子的態度，惠妃也知道想要秘密處死這個女子是不可能了。在她眼中，孔雙兒這種把柄不能留，要是被人知道了，不提湯家怎麼說，這個污點就會毀了母子一直以來高潔的好名聲。

惠妃心裡雖氣，但是她了解這個兒子，順著他總比強硬打壓更有用。雖然他一直表現得溫和有禮，卻是個再執拗不過的性子。

「你也不看看本宮做這些事情都是為了誰？咱們母子倆現在是什麼狀況，你不知道嗎？這種時候你竟然還弄個外室出來，你是不是覺得咱們母子在宮裡的日子太好過了？」惠妃只能改換策略，曉之以理，動之以情。

祁辰舉本身就不是個強硬的性子，聽母妃軟下的口氣，也知道自己的所作所為不占理，也就收起自己的倔強。

「母妃，兒臣知道您是為了兒臣好，可是兒臣已經這麼大了，這些年在宮中都是規規矩矩，就這一次，兒臣有了自己心意相通的人，知道雙兒過得不易，所以兒臣是真的憐惜她。我們已經說好了，她只低調地待在柳成胡同那邊，兒臣安排得很妥帖，不會有人知道那是兒臣的人，即便是被查到了，兒臣也想好說詞。沒想到母妃您知道了，也沒有來問過兒臣，竟然要直接打殺她。」

惠妃知道自己的兒子並不是一個蠢貨，聽著他把很多事情已經安排明白了，今天是自己莽撞了，她實在是被這一、兩樁事情氣糊塗了。

「舉兒，母妃知道你是謹慎的性子，只是覺得這個時候，你這種作為很容易給自己留下禍患。天下女子千千萬，什麼樣的沒有，母妃還能讓你沒有個貼心人兒不成？只不過現在不是時候，湯家是母妃好不容易給你選定的岳家，湯茵是一個十分賢慧的女子，這些你都知道。等你娶了茵茵，母妃還能管著你，不讓你納妾嗎？」惠妃苦口婆心地勸著。

「你有外室這件事情，萬一被人抓到把柄，你可知道後果有多嚴重？何況那個孔雙兒還是那樣不光彩的出身？湯家那邊不好交代不說，你讓陛下怎麼看待你？咱們母子本來就沒有凝貴妃母子得寵，家世也不如麗妃母子，這要是被發現了，你能想像咱們母子還怎麼抬得起頭來？」

祁辰舉知道自己的作為不妥當，可是人控制不了自己的感情。

「母妃，兒臣知道您的苦心，您說得都對。兒臣會把雙兒送出京城，在娶皇子妃之前不再去見她，您就留她一條性命，等到湯茵過門之後，兒子會給她換一個乾乾淨淨的身分，您看成嗎？」祁辰舉跪到惠妃的腳下，抱著她的腿懇求道。

惠妃看著自己兒子這個樣子，想著他說的話也不失為一個辦法，她總不能因為一個女子，讓母子兩個留下一個難以磨滅的心結。

再說，她還是了解男人的心思，越是得不到的越好，即使得到了，還要間隔著距離和時間，未必不是一個好辦法。一年以後，湯茵進門，兒子記不記得這個女子還是兩說，就算惦記著，到時候換個身分進府為妾，也不是什麼大不了的事情。

想了想，惠妃同意了。

「那你答應母妃，安置她這件事情就交給母妃安排人去做，你老老實實待在宮裡，不要讓人抓到把柄。」

「就一次，明天兒臣和雙兒好好交代一下。今天她一定是嚇到了，等到見過一次，兒臣就什麼都聽母妃的。」

惠妃只能妥協，畢竟這種事情，越是壓制，越是起反效果。

宮中惠妃母子終於達成共識，那邊的孔雙兒也遭了大罪，等到大夫離去，她渾身虛脫地躺在床上。

「主子，您別太傷心了，這個孩子和您還是沒有什麼緣分，大夫也說了，只要您好好將養著，以後還是會有的。」小喜心疼地看著自家主子傷心絕望的樣子。

璟王府也第一時間收到這個消息。

「竟然孩子都有了？」祁辰逸輕聲問前來回稟的影九，自己也有了下一步的打算。

第二天，七皇子祁辰舉私養外室，珠胎暗結，以及惠妃對外室女出手導致其小產的消息，已經傳遍京城的大街小巷。

流言風頭甚至蓋過武陵伯府世子與英國公府庶女的事！

「碧瑩姊姊，不好了……」清池宮的小宮女匆匆忙忙地跑過來，探過身悄悄稟報了消息。

碧瑩被這個消息震驚得不知如何是好，她可是了解自己這個主子，把名聲看得比什麼都重要，況且昨天母子倆才為了這件事爭執過，沒想到今日流言就傳得沸沸揚揚了。

可是碧瑩也不敢耽擱，趕緊去內室稟報了。

「什麼？」惠妃一巴掌拍在梳妝檯上。

一旁為她梳妝的宮女嚇得將手中的碧玉梅花簪掉到地上，摔成兩半。

惠妃此時也沒有心情理會這件事情，暗暗地呢喃道：「怎麼會這樣呢？」

惠妃想不明白，她需要趕緊和兒子商量對策。

「去叫七皇子過來見本宮。」

一會兒，小太監來報，七皇子一早就出宮了。

惠妃只感覺血流衝上自己腦袋，讓她眼前一黑。

祁辰舉並不知道孔雙兒懷孕的事情，早上宮門開了，才有人傳消息進來。他匆匆趕去柳成胡同，一進門就看到自己的愛妾蒼白著一張臉躺在翠色的錦被之間，顯得更加孱弱可憐。

在宮中，下朝的宣帝也知曉此事。

惠妃到了皇帝的聖乾宮，此時一改自己往日冷靜自持的樣子，反而是拿著素白的帕子跪在地上垂淚。

「臣妾也沒有想到舉兒那麼糊塗，昨日知道的時候也是氣急，但臣妾不是要去傷害那個女子。」惠妃繼續哭訴。「臣妾已經問過舉兒了，他原本是看那個女子身世可憐，一時憐憫就把人救出來，沒想到那個女子也是個有心計的，竟然勾引舉兒，舉兒才做出這樣的事情。臣妾已經和舉兒談過了，本想找個合適的機會就把人名正言順地納進來，誰承想還沒有做什麼，宮外就傳出那樣的流言。」

「愛妃也說了，舉兒是太糊塗了些，朕一直以來以為他是個知禮的好孩子，這次真是讓朕失望。而且，還牽扯出什麼小產的事情，本來不是大事，現在也有損皇家的威嚴了，讓百姓在茶餘飯後議論朝廷。」宣帝嚴肅著臉說道：「眼下為了平息這個事態，就讓舉兒納了那個女子吧！反正就是個妾室而已，你們母子不可以再鬧出什麼不好的事情。」

惠妃聽到皇帝這個決定，自然不會拒絕，他們現在納了那個女子還好些。只不過一個男子的風流韻事，要是再弄出些別的事情，可就很難收場了。

七皇子的名聲不能有那樣的損傷。

「陛下，鎮北將軍湯獻忠大人有要事求見皇上。」門外的大太監王常進來稟報。

宣帝看了下惠妃頓時變得不好的面色，點了點頭。「宣他進來吧！」

隨後他對惠妃交代。「妳現在這個樣子也不適合在這裡，退下吧！」

等到王常引著湯大人進來的時候，已經沒有惠妃的影子了。

湯獻忠跪在皇帝面前，先是恭敬請安，誠懇地請求道：「陛下，微臣有個不情之請，小女和七皇子可能是有緣無分，既然七皇子殿下已經有心儀的紅顏知己，微臣覺得小女和七皇子的婚事還是作罷好！」

湯獻忠也沒有拐彎抹角，自從得知那個流言，他已經查清真相，剛剛派出去的人也親眼見到七皇子進了那座院子。

他們湯家可不是什麼小門小戶，而且茵茵可是他和夫人放在心尖疼愛的掌上明珠。他們湯家祖訓，男子三十無子可納妾，雖然他們沒有寄望七皇子就女兒一個正妃，可是在婚前就弄個樓子裡出來的外室，還是小產過的，想來就讓人無法忍耐，所以一查實事情真相，不用自己的夫人催促，湯獻忠就進宮來退婚了。

「愛卿，這婚事可不是兒戲，舉兒就是一時糊塗……」宣帝還想緩頰一下。

「陛下，這婚事結的是兩姓之好。小女福薄，恐怕要辜負陛下的厚愛了。請陛下恕罪，臣就退親這一個請求！」湯獻忠已經氣得沒有修飾言詞，直接表現出退婚的意願。

七皇子和惠妃表面上賢良知禮，沒想到骨子裡竟然那樣惡毒和偽善，要是女兒嫁過去，還不知道要受多少委屈，想一想就感覺心臟狂跳，險些壓制不住怒火。

「那……既然愛卿所求，朕也不攔著。是舉兒對不住令千金，朕會讓惠妃退還信物和庚帖！」

當初這門婚事並不是宣帝賜婚，而是惠妃自己選定的，他本來還有點疑心惠妃，畢竟湯家也是朝中武將，有些兵權。此時退婚，未嘗不是一件好事。

「臣已經將信物和庚帖帶來了，請陛下讓娘娘盡快退還，臣就在宮裡等著。」湯獻忠還是有底氣的人。

湯家比惠妃母家還要勢大，雖然自己針對七皇子，可是看皇帝沒有動怒，只有尷尬，所以他繼續要求著。

「王常，你去清池宮，和惠妃交代一下，把東西立刻送過來。」宣帝吩咐，並讓湯獻忠起身，賜了座。

清池宮中惠妃收到消息，險些暈過去。

「娘娘，您看，陛下已經答應退婚一事，奴才還要拿東西回去覆命呢！」王常在一旁催促道。

「碧瑩，去拿來吧！」惠妃整理下自己的情緒，吩咐道。

宣帝既然已經答應了，事情就沒有轉圜餘地了，自己磨磨蹭蹭不給，只會讓人更加抬高湯家的身分，雖然湯家是最好的聯姻對象，但舉兒也不是沒有別的選擇罷了。

惠妃恨恨地在心裡想著：她會記住今日屈辱，湯家如此不識時務，以後他們母子得勢也不會放過就是！

等著王常帶著庚帖和信物離開，正好看到剛趕回來的祁辰舉。

「母妃，兒臣剛得知雙兒竟然被您昨日的所作所為嚇得小產了，這可是兒子第一個孩子……」祁辰舉一改以往的謙遜有禮，變得咄咄逼人，隨著自己的性子質問。

他這次不會妥協了，一定要為雙兒爭取到她應該有的位置！

「混帳！你還好意思在這裡和母妃叫囂！剛剛王常已經過來取走你和湯家訂婚的信物，湯家的親事沒了，你父皇現在還生你的氣，你還有心思和本宮說你和那個雙兒的事！你給本宮滾去聖乾宮門口好好跪著，陛下什麼時候原諒你，你再起來！」惠妃大聲斥責自己這個糊塗的兒子。

現在只希望用些苦肉計能夠消除一些不好的影響，再把那個女子迎進來，堵住悠悠之口吧！

「什麼？湯家竟然要退婚？」祁辰舉沒想到自己出宮的時間，事情已經發展到不可收拾的地步了，雖然他一直不喜歡湯家女，可也知道湯家對自己未來奪位有多重要。

看著母妃生氣的樣子，祁辰舉也不知道接下來該如何是好，只能聽母妃的吩咐去聖乾宮跪著，只是他怎麼也沒有想清楚，事情為何發展到現在這個地步。

「我出宮這段時間，都發生了什麼事情，你好好地說！」祁辰舉今日匆匆出宮並沒有帶自己的貼身太監，出了清池宮的門，就開始細細詢問。

「回殿下，您和孔姑娘的事情不知為何在京城傳得沸沸揚揚，娘娘一早派人來尋您一起商量，可是您出宮去了，娘娘只能去聖乾宮那裡為您說項。奴才聽說本來陛下已經決定讓您將孔姑娘迎進宮為妾，可是湯大人這時候也進宮，堅持要退親。」小太監一點都不敢隱瞞，將七皇子出宮這段時間發生的事情交代清楚。

小太監也納悶，四皇子侍妾都一大堆，也不妨礙凝貴妃為他說了威遠侯家的姑娘，要說這個準四皇子妃，家世可不比湯家差，人家也沒因為男人有個三妻四妾就鬧著要退親，自家主子只是找了個女人，怎麼就鬧得沸沸揚揚的呢？

他自然不明白，湯家當初選擇七皇子，主要原因就是他的人品，並不是一個亂來的人。

畢竟你讓人家對你有期待了，又一直有那樣端正高潔的人設，這人設一崩塌，自然讓人無法接受。

祁辰舉知道其中癥結，他怎麼也想不到明明安排得很嚴密，一般人絕不會察覺，到底是誰透漏了消息，先是讓自己母妃知道了，然後接下來的事情就更加控制不住，彷彿背後有一隻手在推動著一切發生。

想一想和自己有利益衝突的人就那麼幾個，他暗自懊惱！

別讓他逮到機會，四皇子、五皇子，咱們走著瞧！

第十七章

這一天，京城百姓茶餘飯後的話題必然十分豐富。

七皇子因為外室女與鎮北將軍府退婚，成了百姓們津津樂道的消息，一直流傳在外的高潔低調好名聲也算是敗了不少。

英國公府庶女十日後被抬入武陵伯府為貴妾的消息也是不脛而走，雖然有的人家說其間必有蹊蹺，但是種種情形也被傳得繪聲繪色。

這一進一退，也是十分精彩……

阮寧華即便再偏愛阮清，沒有英國公的支持，他也無法將自己一直寶貝的小女兒推上世子夫人之位。

而且與武陵伯謝安相談的氣氛並不愉快，知道整樁陰謀的阮寧華很難再殷勤地對待謝安，謝安也因為自家兒子未娶正妻就以這種方式納妾，今後很難找到滿意的人家，對此很是不快。

但是事情已經如此，兩家又不能一拍兩散，只能就這樣決定這樁婚事。

只是一個妾，沒有什麼講究，也沒選擇良辰吉日，就趕忙十日之後進門。

阮寧華眼下為了嫁妝的事發愁，他私庫裡有些好東西，可是他想留給兒子，而阮清出嫁，爹娘也說公中不出銀錢，自然就要他想辦法。他也不能去打擾林氏那邊，整個人既懊惱又煩躁。

阮清得知自己只能為妾之後，又是直接暈死過去。

蘭姨娘也是心急如焚，她已經向在邊關的阮謙秘密傳信，雖然難以扭轉阮清為妾的命運，到底人回來也能為她增添一份助力。

畢竟英國公對這個庶孫還是寄予期望！

青鸞院中，林氏母女正在討論這件事。

雖然當時出事的時候，沒有人來驚擾林氏，事後老夫人也是詳細將這件事告訴林氏。

林氏雖然氣憤丈夫的偏心，還有蘭姨娘的惡毒，但是自家女兒一切安好，而那些人都嚐到自己釀的苦果，她也沒有十分激動。

加之阮瀠及時遞上空間裡泉水泡的茶，林氏安然無恙。

不過唯一的後遺症，就是林氏無事就想女兒陪伴在身邊。

「還好我們瀠兒福澤深厚，否則今日面臨這些流言蜚語和慘淡處境的人，就不是阮清了。」林氏提起這件事，就不得不慶幸，否則自家女兒面臨的處境就不僅僅是這種了，連整個英國公府都會受牽連。

「娘，可能是上天也看不慣蘭姨娘的心腸毒辣，才讓她自己的女兒受了這次的災！」阮瀠在一旁默默遞上空間出產的果子，空間出產的作物對滋補身體極好。

「嗯，娘只是有點可惜清兒那孩子，原本娘已經在為她選人家了，看中太傅的小兒子，雖然不是嫡出，但其生母是太傅嫡妻的陪嫁，一直當作嫡子教養，人品才華都是不錯的。」林氏在一邊絮絮叨叨。

阮瀠看著林氏還在為阮清感到可惜，心中只覺得母親單純，整件事可以說阮清並不無辜，畢竟整樁陰謀她都有參與，只不過沒有實際出手的證據罷了。

前世林氏也想要為其相看這個人家，阮清可是看不上，加之林氏在家中話語權並不重，最終還是蘭姨娘使了手段，將阮清許給兵部尚書家的二兒子。

也正是因為這樁婚事，成為敵人打擊英國公府的利器。兵部尚書正是五皇子一派的人，當初五皇子拉攏祖父被斷然拒絕，既然得不到就毀滅，便利用阮謙和阮清，將整個家族拖入萬劫不復之地。

所以即便你對別人抱有最大的善意，也無法抵擋別人對你的一點惡意。

「娘，婚事已經決定了，再說也是阮清生母自作孽，祖父、祖母都放手不管了，咱們也別操心了。雖然是為妾，但也是伯府世子的貴妾，以阮清的身分也不算是虧待她。」阮瀠自然沒有揭露那骯髒的真相。

林氏生性單純，蘭姨娘的陰謀就夠讓她心驚了，還是不要再讓她深入了解人性醜惡。

阮瀠心想，要不是前世經歷，自己不也是一樣心善單純嗎？好在一年的時間，蘭姨娘被禁足，也沒能力作妖了，不過林氏這胎也絕不能掉以輕心就是了。

「娘也就是說說……」林氏看著女兒的反應，心裡也是嘆息。曾經女兒和阮清是無話不談的好姊妹，最是照顧阮清，此時談起她卻比陌生人還不如，只能說女兒是真的被傷到了。

也是，她不應該再有這種同情心，人家母親都將魔掌伸向自己的女兒，她有什麼好可憐別人的？

若是陰謀成了，以女兒的性格也許都不在人世了……

阮瀠陪著母親用了膳，又去看了祖母。

老夫人畢竟見慣風浪，沒有那些唏噓，反而是拉著阮瀠說了很多話。

「瀠兒今後要入王府，這一次無論是不是運氣好，總算是沒吃什麼虧。咱們只是一個國公府，妳父親只是個世子，蘭姨娘就能有這麼多的手段，今後妳入王府為王妃，雖然環王爺與皇位基本上是無緣了，可是針對他的陰謀，甚至後宅中的陰私只會更多。灤兒也快要出嫁了，要快點成長起來。」老夫人苦口婆心地勸道。

她有些後悔，這些年將孩子養得純善，這種性子入孟家那種人家倒也罷了，嫁入皇家可未必是福氣。

「祖母放心，灤兒曉得，日後一定會當心。」阮灤看著祖母關心的神色，心中一陣熨貼，她知道自己的家人有多好。

她已經不是曾經那個阮灤了，今生的阮灤只為守護最愛的家人、王爺與寶寶！

「祖母替妳找了放出宮的老嬤嬤，曾經伺候過太妃，很是穩妥。妳身邊的大丫鬟忠心有餘心計不足。祖母也認識這個嬤嬤，本來無心再伴著什麼主子，這陣子剛好回老家探親，過些日子我就讓她入府，到時候就讓她伴著妳出閣，規矩禮儀還有心機謀權，妳都學著點，以後總要自己立起來才成。」

老夫人將一切都打算好了，為的是保阮灤的安穩。為此重金請來薛嬤嬤，還承諾為其養老。

阮灤一聽覺得正合心意，身邊的暖裯、香衾確實如祖母所說太過單純，有一個在宮中伺候過的嬤嬤，確實是她眼下最需要的人手，畢竟自己嫁入王府之後會遇到更多複雜的情形，她雖然已經不再單純，到底雙拳難敵四手，有人幫襯著也是好事。

阮瀠趕忙起身跪下。「祖母一片慈心，孫女銘感五內，謝謝祖母，我會好好跟著嬤嬤學的，也會好好善待祖母的這份心意！」

這邊阮瀠感激祖母的慈心，那邊從昏厥中醒過來的阮清卻恨毒了老夫人。

她躺在拔步床上，看著帳子頂的花紋，心裡就像是被毒蟲啃食一般。

她已經從昨日的疑惑轉為難過、絕望，此時只剩下怨懟了。

她恨謝家辦事不牢，要不怎會讓阮瀠僥倖逃脫，自己卻深陷泥淖。

她恨阮瀠沒有入圈套，依舊光鮮亮麗、前途光明，她卻要嫁給那樣一個男子，還是為妾。

她恨所有人，最恨的還是老夫人！

從小老夫人就偏心阮瀠，有什麼好東西就想著阮瀠，自己這個孫女無論多麼孝順、多麼恭敬，都得不到她真心的疼愛。

這次她出了事，雖然查出是蘭姨娘所為，可是和自己有什麼關係？

她也是國公府的女兒，就因為是庶出，就甩手不管？

她知道，只要老夫人願意，一定能為她爭取正妻之位，可是沒有，他們根本沒人在意她的處境！

阮清卻不明白，問題根本不是嫡庶，老夫人早就了解她的品性，這也是這麼多年沒有真心愛護她的原因。雖然明面上調查是蘭姨娘的手段，老夫人從蛛絲馬跡能推斷出阮清也參與這件事，至少，她是知情的。

雖然絕望，但阮清不會尋死，她已經接受為妾的命運！

為妾怎麼了，自己姨娘也是妾，照樣不是得到父親的寵愛，連嫡母也不得不避其鋒芒？

謝詹表裡不一也沒關係，他貪歡戀色，她不管就是，而且可以順著他。

雖然比不上阮瀠，她阮清本就樣貌不差，手段和姨娘相比也不差，既然她靠不上別人，那就只能靠自己了！

而嫡母林氏……

既然我要為妳的女兒擋災，那妳的孩子就賠給我好了，當作我的嫁妝！

阮清的目光中射出血腥的凶殘。

「彩娟死哪兒去啦，要妳家小姐餓死嗎？」阮清支起身子喊著自己的大丫鬟。

出事以來，她滴水未進，此時一起身才感覺身子虛弱，天旋地轉。

京中最近幾日流言紛雜，然而其中竟然有關英國公府門風的消息。

若是單說英國公府庶女的八卦倒也正常，可傳出的話是未來璟王妃阮瀠性情善妒，為妻必定不賢。

本來京中最近一樁接一樁的事，一般人不會注意這種流言，可能是因為阮瀠前陣子退親的事跟孟家有關，所以現在焦點就在阮瀠身上。

男子和有兒子的老婦人竟然頗為認同此等傳言，不過阮瀠是準璟王妃，他們倒不敢把話題再繼續扯到璟王爺身上。

畢竟璟王爺受傷為國為民，沒人會在這上面嚼舌根。

即便如此，祁辰逸也耳聞這種流言，頓覺不尋常。畢竟此等時候，七皇子和武陵伯府的事討論最熱烈，誰會無緣無故攀扯出阮瀠來呢！

「去查查流言怎麼傳出來！」祁辰逸吩咐影衛。

這次跟在身邊的是影六，終於了解為何影九重視未來王妃了，實在是因為主子啊！

京中雖然有這種流言，但是並不太影響什麼，不會真正傷害到人，只是一種異樣的聲音罷了，不去理會也不會造成什麼後果，真正會判斷的人並不會跟著流言走，事實很明顯擺在那兒！

影六下去調查，發現竟然是孟家傳出去的流言，始作俑者正是孟修言的母親張氏。

自從兩家退親之後，孟母就一直憋著氣，不過阮家勢力大，而且自家作為擺在那兒，她也不能做什麼，本來躲去華安寺想要圖個清靜，奈何還遇到阮瀠惹了一肚子氣。兒子雖然恢復了點，不再那麼萎靡不振，回京城之後，竟然傳來阮瀠被賜婚給璟王爺的消息，兒子大受打擊，回到翰林院越發消沈，抑鬱不得志，孟母就更恨了！

他們孟家是造了什麼孽呀！怎麼說自家男人也救了阮寧華的命，也不該只得到一點財物上的報答。

好在陳楚兒在一旁時時勸慰，精心照顧，好在她肚裡還有孟家的長孫！

金菊宴上傳出謝詹和阮清的事情後，孟母可算是撿到了笑話，之前關於孟家的流言完全被接連的消息所掩蓋，孟母出門也就開始不顧忌，偶爾和人閒談，也表現出阮瀠品性有瑕疵、善妒等話語。

祁辰逸得知這個結果，也是氣笑了。孟家還真是不消停，明明是自己一身蝨子，還想往別人身上潑髒水。

嫌棄自己兒子仕途不順是吧？那他不幫幫忙，也有些說不過去。

「盛陽郡主的婚事還沒有著落吧？孟修言這模樣，她應該喜歡，咱們也做點好事！」

祁辰逸想起這個遠親的堂妹——先帝第九個女兒微月公主所出。

微月公主下嫁長樂侯，整個侯府一直以來靠著祖蔭。影六聽到主子的話，不得不暗嘆，孟家實在得罪了不該得罪的人，明明沒什麼本事，偏要出來蹦躂，這鴛鴦譜點的也真是……

要說家世上，微月公主雖然並不受當今皇上待見，到底也是一國公主，這長樂侯府也是貴族，這些年沒出什麼出眾的人物，也比孟家強上太多。

然而這位盛陽郡主，長相普通卻性子刁蠻，被嬌慣得不成樣子，最大的樂趣就是對美貌的男子有著非比尋常的興趣，偷偷地養著幾個男寵。

她若是見了孟修言，八成會極為滿意，孟修言畢竟是狀元之才，人也是芝蘭玉樹、相貌出眾。

盛陽郡主應該會想要招這個郡馬才是！

影六應下，就讓人著手去辦。

而孟修言對於天外飛來的桃花還不知情，在翰林院中沈默地做著日漸繁重的公事。他此時已經完全沒有時間去考慮自己的志向，繁複的公事日復一日，讓他永遠看不到什麼希望。

徹底失去阮家這門親事，他更清楚地知道什麼叫落差！

以往上峰對他欣賞有加，客氣有禮，他原以為是賞識他的才華，現在才明白是看他未來岳家的面子，英國公雖然是武將並非文臣，在朝中的影響力也是不容小覷。

阮瀠也不再是他能夠幻想的對象，她算是回到本屬於她的位置上，成為尊貴的王妃——即便璟王爺雙腿殘疾，也依然是高高在上的皇子，權力、地位、金錢沒有一項是自己能夠比擬的。

到了晚上回到府中，他也沒有什麼清靜可言。

以往陳楚兒可憐的模樣讓他心存憐惜，即便知道自己更喜歡阮瀠，也忍不住想要照顧她；可如今，再見到那張可憐兮兮隨時泫然欲泣的面孔，他心中只有煩躁。

若不是她，他也不會走到今天的境地！

可是他也不能對她做什麼，不說母親十分袒護這個外甥女，她肚子裡又有自己的骨肉，就讓他一個男子去為難一個弱女子，他實在做不出來，所以只能忍受她日日在自己身邊晃，日日忙前忙後，殊不知自己更想要安安靜靜地待一會兒。

好在母親雖然偏愛她，卻沒有糊塗，沒有讓他將人扶正，否則他可能真的無法容忍了。

「修言，今日又回來這麼晚，可是上峰交給你的公事太繁重了？這怎麼行！身子都要拖垮了。」一看到兒子回來，孟母趕忙上來關懷，最近這些日子兒子早出晚歸，面上疲憊之色十分明顯，讓她十分心疼。

「表哥，這是熱毛巾，快擦擦臉。我讓人燉了滋補的雞湯，一會兒你多喝一點。」陳楚兒也上來表示關心，語氣輕柔，溫婉可人。

孟母看到自家外甥女的貼心，讚賞地看了她一眼。

孟修言委實餓了，點了點頭，移步去飯廳。

孟母、陳楚兒已經用過晚膳了，就在一旁陪著他。

看他吃得多，孟母就忍不住高興，閒聊了起來。

「我今日可是聽說京中流傳阮家的閒話，說是英國公府雖然門第高，但是家風不行，庶女做出那等醜事自然不必說，嫡女也不是好的，善妒不容人，實在不是女子的典範。」孟母說到這裡得意極了，她並沒有說這些話是她傳出去的。

孟修言聽了這話，並沒有如孟母所想的高興，反而心中越發煩躁。

他有時候也在想，阮瀠為什麼就這麼沒有容人的氣度呢？他當時都已經不要表妹肚中的孩子了，也打算遠遠地送走表妹了，可她就是執意退婚！

如果她妥協了，自己怎麼會虧待她呢？即便他是王爺，嫁給自己總比嫁給一個殘疾好吧？

孟修言雖然現在身分地位不如人，可是自己有能力、有才華，遲早會有出人頭地的一天。

想到這裡，孟修言飯也吃不下去了，放下碗筷，和孟母說了一聲就舉步離開了。

「這……他怎麼還不高興了？這……」孟母沒想到，兒子會是這個反應。

「姨母莫怪，表哥肯定是公務太繁忙，太累了，心裡裝著太多事，一會兒我讓丫鬟送糕點和湯水過去！」陳楚兒看到孟母這樣子趕忙勸道。

孟母嘆了口氣。「還是楚兒懂事，妳也要照顧好自己的身子，妳和修言都是咱們家最重要的人！」

陳楚兒無論做事還是孝心都是無可挑剔，但她還是不能將她扶正，將來找個有權勢的岳家才是最有利的，她的兒子已經是狀元了，雖然現在仕途不順遂，可是她相信兒子的才華一定會大放異彩。

可是她也不會虧待陳楚兒，畢竟她是自己的外甥女，又這麼貼心能幹！

陳楚兒微笑著將孟母送回房後，默默地回自己房間。

現在她和孟修言還是分房睡，好不容易阮家退婚了，自己也有了孩子，她本來有機會擺脫妾的身分，可是姨母卻彷彿沒有這個意思。

那怎麼行，她怎麼願意再被人壓一頭，伏低做小？

可是一切竟然更糟糕了，她從寺中回來不久來了癸水，悄悄找大夫看了後，竟然根本沒有懷孕，而當初為她診斷的大夫也無所蹤了。

剛知道這個消息，她都要崩潰了。為了這個孩子，表哥婚事都沒了，她也憑著這個孩子才有可能更進一步，可竟然是誤診，孩子根本就不存在，這讓她怎麼辦？

幸虧她經歷事情頗多，很快鎮定下來，即使沒有這胎，也不能讓姨母一家知道，她會找個合適的時機裝作小產。這還需要籌謀，也需要時機，沒準兒「小產」還能給自己帶來新的機會。

回府後，她將有所察覺的貼身丫鬟紅珠以偷盜為由發賣了，那天孟母與孟修言不在，紅珠不可能告密，落到人牙子手裡，她也沒機會回來。

等到她成功「小產」，就算紅珠往後有機會，也沒有證據了。

現在唯一難的還是表哥那邊，雖然他依舊客氣，但就是很難接近，她也很難將自己的「小產」與他扯上關係，所以她還沒有出手，一直在等待一個合適的機會，能夠讓她更上一層樓。

第十八章

九月十七，是阮清出嫁的日子。

因為嫁給人做妾，而且還是以那樣的方式入府，所以英國公府自然不可能有什麼隆重的儀式。

老夫人不願再管阮清的事，依然沒有露面。

林氏倒是仁善，想著去送點添妝，卻被阮瀠阻止了。

現在最重要的是林氏的身子，她害怕阮清頭腦發昏做出什麼舉動衝撞了母親。

不過，阮瀠自然是要出面去送一送這個「好妹妹」。

一進阮清的院子，到處瀰漫著沈默。家中的女性長輩沒有過來，蘭姨娘又被禁足了，此時只有丫鬟、婆子忙碌著。

阮瀠進屋的時候，就看到身著一身桃粉色衣裙、正在上妝的阮清坐在銅鏡前。

「娘親，以前沒仔細看，也可能是打扮的關係，今日看這個女人還真有那麼點妳的韻味呢！」松音自然不會錯過看熱鬧的機會，此時乍見盛裝的阮清，也覺得頗為神似。

「嗯哼，畢竟是同個爹生出來的！」阮瀠沒有點名阮清這麼打扮的動機，小孩子還是不要知道那麼多比較好。

不過她也被阮清如此操作給噁心到了，這明顯是想要藉著與她相似的樣貌，為自己贏取最大的利益！

阮清這個人雖然虛榮、貪婪、愚蠢，卻是十分堅強，也不知道是不是他們阮家的女子都是這般，往往能在最糟糕的情景下，忍辱負重地活著……

「姊姊來了也不出聲，就姊姊自己來送妹妹，真是……」

話語中有些悲傷可憐的意思，阮瀠也是佩服阮清，此時還能如此淡定地面對她，不該是滿臉怨恨嗎？

「彩蝶，妳帶著人都出去，我和姊姊說幾句體己話。」阮清吩咐人下去。

「嗯，祖母身子不適，母親也不舒服，二嬸在忙，就我自己過來給妹妹添妝！」

既然人家都裝作若無其事，阮瀠就平淡解釋此行的目的，畢竟她不用看，也知道阮清心中有多恨。

「姊姊不用多說，我知道長輩們還生我的氣，然而事情都是姨娘做的，我這也算是自食惡果了，希望姊姊不要再怪我才是！」

阮清這段時間已經想明白了，至少目前國公府還是她最大倚仗，她還是需要這份面子情，即便心中的恨意猶如火焰焚燒，她依然要對阮瀠軟語致歉。

「姊姊可聽不懂妹妹的話，要怪妹妹什麼？怪妹妹處處挑撥我和爹爹的關係？還是這次想要算計我和謝詹？」阮瀠輕笑著接話。

她這次來就是戳破這層窗戶紙的，她們之間早就已經是仇人了。

「姊姊何出此言，妹妹何曾做過那些事？那都是姨娘……」阮清大驚，下意識狡辯。

「沒有嗎？那日在丞相府，妹妹不就跟在潑了我茶盞的丫鬟後面，準備看好戲嗎？只可惜戲沒看成，自己卻成了演戲的人了。」阮瀠打斷阮清的話，溫聲反問道。

「妳果然什麼都知道，一切都是妳做的對不對？否則我怎麼會落到現在這個下場。」

阮清再也偽裝不下去，一直苦思不明的事情現在就擺在自己面前，她終於明白，確實是阮瀠早就得知她們的謀算，反將了她們一軍！

「是又怎麼樣？妹妹也沒有證據不是？還是認命吧，妳都要給謝詹為妾了，還有什麼想法不成？勝者為王，敗者為寇，妹妹該認輸了才是！」阮瀠換上嘲諷的神情，居高臨下地望著阮清，眉梢眼角都透露出對陰暗生物的不屑一顧。

「妳！我要去告訴爹爹，告訴祖父！」

看著面前做出這種表情依舊美得不可方物的女人，阮清心中壓抑的嫉妒噴湧而出。

阮瀠就是這樣，永遠都讓人覺得高不可攀，永遠都高高在上，即便她對自己好的時候，也讓自己感覺到難以企及，這才讓自己想要毀了她，只有毀了她，別人才能看到她阮清。

「妹妹儘管去說就是，誰又會信呢？況且一切都是妳們先動手，我這充其量應該算是來而不往非禮也！這是姊姊最近新得的紫翡翠步搖，送給妹妹做添妝，妳那兒應該沒有這樣的好東西才是！」掩唇笑了笑，阮瀠施施然走出阮清的閨房，沒等出門就聽到玉碎裂的聲音，想來那步搖應該是……

「娘親，妳剛剛的樣子好像一個壞女人呀，不過我好喜歡！」松音出了屋子才發出興奮的聲音。

阮瀠滿頭黑線。

這丫頭……

「不過，娘親為什麼要將那麼好看的步搖給阮清那個女人，還被她毀了，可惜。」松音小財迷也很喜歡漂亮衣服和首飾。

「那算什麼好東西，等妳投生為娘親的孩子，娘親會為妳準備更多的好東西！」阮瀠想到松音可愛的模樣，只想要她趕緊投胎成自己的寶寶，自己才能用更多的愛澆灌她。

「娘親！」松音感動地大叫。

母女倆已經不再關注阮清，阮清此時卻是恨毒了阮瀠。

不過轉念想起這些日子的部署，她勉強恢復平靜。

她利用最近新到林氏院裡的丫鬟做了隱秘的安排，而且不會馬上就有效果。

到時候林氏產出死胎，阮瀠也後悔莫及了！

「等著吧，我是不會認輸的，我今日所受的屈辱，來日我會連本帶利討回來，既然國公府對我無情，那我以後就毀了他們這些無情的人！」

阮清最後蓋上蓋頭的時候，眼中還燃燒著怨毒的冷光。

她被阮寧華揹上一頂小轎，將要面對未來為妾的生活。她沒有流淚，也沒有回頭。

今日之辱，來日必償！

所有對不起我的人，都給我等著！

京城，明月樓的二樓包廂內，正坐著一位身著紅衣的姑娘，看那周身的打扮，還有身邊的僕從，就知道身分非富即貴。

此時她正百無聊賴地坐在那裡，明月樓的管事正在面前陪著笑。「郡主，不是小的騙你呢，委實是現在樓裡實在沒有什麼拿得出手的了。您可別氣惱，現在好苗子不好找……」

「你的意思是本郡主這次就白來了唄！既然連好貨都沒有，你這明月樓也不必再開了。」盛陽郡主周依依隨手撫摸著桌上的杯子，斜眼看著下面的管事。

自己養的那幾個面首，她實在是膩了，本想著好久沒來明月樓，看看有什麼好貨色，竟然如此掃興！

「郡主息怒，主要是咱們這裡都是一群庸脂俗粉，帶上來也怕惹您生氣。小的雖然手中沒有好苗子，但是有一個合適的人選，可以說給郡主聽一聽！」管事一看這位刁蠻的小姑奶奶，就怕她不管不顧真的砸了明月樓，所以趕忙獻計。

「說來聽聽！」周依依知道明月樓的管事說沒有好貨色是真的，一聽他有好的建議，立馬來了興趣。

「郡主可曾聽說前陣子京城的流言？」管事試探地問。

「什麼流言？這陣子的流言可太多了！」周依依不知道他到底想說什麼。

「就是英國公府嫡女與狀元郎退婚的流言……」管事神情頗為曖昧。

「你是說新科狀元？阮瀠的前未婚夫婿？」周依依一臉疑惑。

管事看她這神情，就知道郡主並沒有見過孟修言。

「郡主有所不知，孟狀元不僅才華洋溢，人也是一表人才，可以稱得上是氣質出眾的美男子，和咱們這地方出來的庸脂俗粉，完全不是一個級別！」管事詳細解釋著。

「真有你說的那麼好？」周依依沒有見過孟修言，此時被勾起了興致。

「小的騙誰也不會騙您呀！您親自去瞧瞧可不就知道了？」管事陪笑著說。

周依依滿意地點著頭，決定現在就去打聽孟修言身在何處。她被明月樓管事勾起了興致，今日若是不見到人，這心裡癢癢的，怕是夜裡也難眠。

周依依坐著華麗非常的車駕直奔翰林院而去。

等沒一會兒，就看到今日難得正常回家的孟修言。

這個狀元郎五官俊秀，氣質出眾，一看就是滿腹詩書氣自華，有一種翩翩公子的樣子。這還不是最吸引周依依的，難得的是孟修言身上有一種難言的憂鬱氣質……

主要是孟修言最近一段時間經歷頗多事情，本來就多思的文人，身上透出一股憂鬱。

「呵，這人果然如明月樓管事所言，既然他已經退婚，那就是本郡主的了！」周依依一眼就相中孟修言，果然是自己那些男寵們不能比擬的。

她對自己有清楚的認知，她所做的事情雖然沒有傳出去，但勢必不適合嫁入公侯之家，還不如選擇孟修言這樣自身條件不錯、家世普通的人。

而且，孟修言的長相氣質又很合自己的胃口！

經過一段時間的籌備，阮瀠的藥鋪終於開張了。

這間鋪子不是賣藥材的，而是專門賣些普通的藥丸、藥酒之類的，像是治療跌打損傷的藥酒、治療外傷的止血散、治療頭疼的藥丸等等。

這些都是阮瀠在空間之內製作的，因為能調整時間流速，她備了很多的貨。不得不說唐力很有才能，剛剛開業，而且是這種新奇的店，竟然做得也頗為紅火。

阮瀠不得不感嘆自己撿到寶了。

店鋪一應事宜都不需要阮瀠操心，只要提供貨源就行。

只不過還沒有高興一會兒，就得到阮謙回府的消息了！

阮清昨日才出嫁，今日阮謙就回來了，不得不說過於巧合，想也知道應該是蘭姨娘派人送信讓他回來解困局。

阮瀠想著怎麼樣自己也要露面。阮謙雖然是個庶子，目前還是阮寧華唯一的愛子，況且才能上比渣爹強不少，老國公還是頗為重視。

阮瀠去青鸞院接了林氏。這種事本來以母親的身分是不必去，但阮謙畢竟是從邊關回來，所以她也想去看看。

母女兩個相偕出現在前院的時候，正廳內的氣氛還是很好的。

阮謙看到林氏，馬上起身行禮。「母親，孩兒回來了，母親一切可安好？」禮數周到恭敬，看到林氏微微隆起的肚子也只是眸光一閃，就再無異樣。

說起來阮謙和阮清兄妹，在偽裝情緒上，阮謙更像蘭姨娘，此次若不是謀算敗露，蘭姨娘在大家心中的形象還是很好的。

「謙兒回來了。我一切都好，倒是你在邊關吃了不少苦吧？」林氏溫和地點了點頭，寒暄了起來。

阮瀠行了禮後，就被老夫人叫到身邊坐著，林氏也坐到阮寧華身旁的座位。

阮寧華雖然還在惱怒這些日子發生的事，可是父母都在，兒子又剛剛回來，他心中即便不悅，也沒有表現出來。

阮謙看到親爹和嫡母，嫡妹和祖父、祖母歡聚一堂的樣子，心中暗暗惱恨。他的姨娘眼下被禁足，一直疼愛的妹妹竟然成了謝詹的妾室，即便是貴妾也是妾，他想到這些，差點繃不住情緒。

阮謙深呼吸，強行壓下心中的怨恨，告訴自己還有戲要演，一定要穩住才是。

眾人坐定，英國公就問起阮謙這一年的經歷。

原來他在叔叔阮寧仲的旗下一直以來歷練得不錯，最近邊關無戰事，聽說嫡母有身孕，嫡妹即將嫁入王府，心中歡喜，便告了一個月的假，回家來探親。

一腔的孝心和關愛姊妹的心思著實讓人不得不稱讚，還無法責怪他突然就回京城，段數上就比阮清高很多。

接著大家聊起家常，阮謙順便提起沒見阮清出來迎接他的事，畢竟這種場合，阮清也應該來的。

英國公夫婦沒有接話，阮寧華尷尬地說了阮清已經出嫁的事。

阮謙表現得十分吃驚，再聽到阮寧華敘述整樁事情之後，他既痛楚又失落。「姨娘真是糊塗，怎麼能做出這種事情，清兒……唉！」

阮謙一副為自己姨娘慚愧，為自己妹妹惋惜的樣子，就是沒有一絲怨懟之情。

連阮瀠都不得不佩服阮謙這演技，比起一年前在家的時候更是精湛不少。

英國公見此就鬆了口，允許他去看蘭姨娘，也告訴他後日會接阮清回門與他團聚，剩下的就沒有多說了。

這畢竟是英國公看重的小輩，能力雖然比不上老二，但是比他那個爹強的不止一星半點，自己也寄予厚望，所以這點面子他還是願意給，不過並沒有看在他的面子上，說要解了蘭姨娘的禁足，畢竟她犯的過錯，禁足已經是很輕的懲罰了。

阮謙自然十分感激，說好今晚一家人一起用晚膳，就先回去休整一下，然後去看蘭姨娘。

母子兩個見面真的恍如隔世，阮謙剛離京的那時候，蘭姨娘還是整個國公府最得阮寧華寵愛的女子，又因為生了一兒一女，在府中的地位還是很牢固，甚至勢頭比嫡母也不差。

哪知時隔短短一年，竟然就被禁足在這裡，整個人面色蒼白，眼下青黑，不復曾經那風情萬種的模樣。

阮謙見到這樣的姨娘，心中酸楚，更多的還是翻江倒海急欲噴湧而出的怨恨。

「姨娘，他們竟然如此對妳！」阮謙上前擁抱自己的生身母親，這女子是從小最疼愛自己，也是最關心自己的人。

「謙兒，你可算是回來了……」此時在自己兒子面前，蘭姨娘終於止不住這些日子煎熬的情緒，嗚嗚哭泣了起來。

阮謙好一陣子安撫，蘭姨娘才止住了哭，母子兩人屏退左右，在屋子裡談起最近發生的種種。

蘭姨娘來信只是簡單地說了目前的困境，剛剛阮寧華雖然說明了整件事，但阮謙還是想弄清楚來龍去脈。

蘭姨娘詳細說完整件事，雖然是自己謀算失敗，但是其間出的紕漏，她也和阮清一樣想不明白。

阮謙聽了前因後果，也沒有發現問題出在哪兒，只能說那個曾經天真善良的嫡妹應該是發生了變化。

「謙兒，事已至此，你妹妹既然已經那樣了，姨娘也認了，是我棋差一招，眼下姨娘被禁足，你父親雖然極力護著我，到底還是有所影響。林氏也懷著孩子，你看看能不能不回邊關了，留在府中，咱們母子在一處，才能保住你應得的呀！」這也是蘭姨娘傳信讓阮謙回來的主要目的。

「放心吧，姨娘，兒子這次回來就沒有打算離開，等過一陣子兒子先把您救出來，也就順勢留在京城了！」

阮謙也知道現下形勢，等林氏把嫡子生下來，自己又遠在邊關，估計這英國公府就沒有自己什麼事了。姨娘雖然以前最得阮寧華的心，畢竟年紀也不小了，禁足上一年，就算再得阮寧華的寵愛，估計一年過去也就被遺忘在春光裡了。

所以此次回來，阮謙早就已經想到應對之法。

「你可是已經想到什麼辦法了？」蘭姨娘一聽兒子不走了，又說會救自己出去，心中頓時就有了主心骨。

「姨娘就不必多問了，到時候就知道了。」阮謙並沒有現在就透露出去。

「後日祖父說會接清兒回門聚一聚，到時候兒子也會爭取帶她來見姨娘。」阮謙看姨娘這樣子，也知道這些日子她是怎樣惦記阮清。

自己這個姨娘素來愛惜容貌，又會察言觀色，心思也不簡單，能讓她現在憔悴成這個樣子，必然就是妹妹的遭遇對她的打擊！

「唉，你妹妹的命不好，從小吃穿用度就比不上阮瀠。阮瀠婚事上諸多波折，卻最終還是你妹妹為她擋災，她卻要為王妃了，真是不公平！」

蘭姨娘一提起自家女兒，也是心中不平，都是國公府的女兒，就因為清兒是庶女，所以樣樣比不上阮瀠的待遇，造成女兒眼皮子淺，想處處與阮瀠比較。

「姨娘也莫要難過，咱們的日子還長著呢！眼下是不順遂了些，也不是不能翻身。不說林氏肚子裡那個是男是女，能不能生下來，就算生下來，也就是個奶娃娃，以後怎麼樣還不一定呢！」

阮謙勸慰著，別因為一時失意就失去鬥志，姨娘心性手腕都不錯，可不能就這麼想偏了。

「姨娘曉得了，咱們母子的好日子還是要咱們共同去謀劃，姨娘要振作起來，為我兒助力才是。」

蘭姨娘自然聽進去兒子的話，現在他們母子是跌倒了，阮清還得了那樣的親事，可日子是自己過出來的，武陵伯府畢竟是七皇子的外祖家，只要兒子立起來了，他們家自然不會虧待清兒，所以這是福是禍，還真的說不準呢！

阮瀠嫁過去雖為王妃，璟王爺卻是個殘廢，未來又有什麼指望？

林氏肚子裡那個，就像兒子所說來日方長，真沒必要自亂陣腳。

阮謙看到姨娘眸中恢復往日的光采，又叮囑了幾句，就準備離開。

兒子回來給蘭姨娘帶來無與倫比的底氣，恢復了精神，梳洗一番準備好好去休息，等著兒子接她出去。

阮寧華對蘭姨娘是真愛，雖然心中對於她的作為有些失望，即便禁了足，她的吃穿用度可是沒有受到半點苛待。

到了晚上，一家人一起用晚膳，為阮謙接風。

其間也算是其樂融融，只不過阮謙也間接表達自己的慚愧，以及蘭姨娘已經悔悟了，會好好在院中抄寫經文，懺悔自己犯下的錯誤。

松音目睹這一切，吐槽連連，直呼沒眼看他假惺惺的樣子。

阮瀠直覺阮謙回來必然會掀起風浪，尤其是對母親不利，她已經猜到他此次回來應該不會走了，也不知道他想要用什麼方式，畢竟祖父那關並不好過。

轉眼就過了兩日，英國公府派人到武陵伯府接阮清。

像是阮清這種妾室是沒有回門這一說，但是英國公府派人來接，說是阮清的親哥哥從邊關回來，沒趕上親妹妹出嫁，想要和她聚一聚，武陵伯府自然沒有拒絕的理由。

阮清今日穿著一身茜紅色的撒花長裙，頭面是一副紅寶石，整個人比在英國公府做姑娘的時候顯得嬌豔很多，看起來這兩日在武陵伯府應該過得還算是不錯。

阮清到正院給老夫人見了禮，老夫人也就寒暄幾句，沒有多留她說話，就讓她去林氏那裡請安。

而正好阮瀠在青鸞院中，看到阮清這身裝扮以及與平時無異的神情，就知道她已經恢復鬥志，看樣子是不準備安生了。

林氏這陣子精神不太好，阮瀠還沒查出什麼原因，把脈也都挺正常的，不過今日她不經意捕捉到阮清的一個眼神，是飄向牆角，她心中警鈴大作。

以阮清的性格，能這麼快恢復若無其事，有一種可能並不是她心性成長了，而是她找到宣洩的途徑，她已經對母親動手了。

阮瀠準備等她一走就開始探查一番，還要把在空間裡休息的松音帶出來，幫著一起看看。

「清兒在伯府，世子對妳好嗎？」林氏半臥在榻上溫聲問著阮清。

阮清聽到問話彷彿回到那個可怕又噁心的夜晚，不過她不會在敵人這裡自揭傷疤。

「世子對女兒很好，這套紅寶石頭面就是世子爺送的。」阮清說著話，還微微帶著羞澀的笑。

林氏點了點頭。「聽說國公爺同意你們去看蘭姨娘，妳父親暫時還沒有下朝，妳就先去看妳姨娘吧，妳兄長應該也等著呢！」

寒暄幾句，林氏自然知道阮清回來最想見的人是誰，就沒有繼續留人。

阮清規矩行禮後就離開了。

阮瀠讓林氏好好休息，自己藉口去找雲環幾個人說說話，也離開了母親的房間，悄悄把松音喚出來。

「娘親，可是有什麼熱鬧要本仙來看嗎？」松音一副準備看好戲的模樣。

「不是，剛剛阮清來給母親請安，我感覺她眼神有異，這段時間雖然母親脈象一切正常，可是我就是感覺有哪裡不對，本以為是孕期的正常反應，現在看起來應該不是，所以想找妳出來幫著我查一查。」阮瀠耐心解釋道。

然後她們就開始在院中散步起來，因為她時常查看母親的屋子裡，沒發現什麼異樣，而且現在還不適宜讓母親知道，所以她先看看外面。

走過院子東邊沒有發現什麼，又走過院子西邊，也沒有什麼異樣。

「難道是我想多了？」阮瀠好奇地說。

「院子裡好像真沒什麼特別的。」松音也沒發現什麼。

「不應該呀，剛剛阮清不經意地望過東邊的牆角。」阮瀠嘟囔著又走到那個位置。

「要不娘親出院子去看看？」松音腦子轉得很快。

林氏看到要找丫鬟們說話的女兒在院子裡晃了半天，突然走出院子，很是納悶。不過她最近總是感覺睏倦也就沒有多問，女兒辦事素來妥帖，應該是有什麼事情……

阮瀠快步出了院子，在院外果然發現了些不尋常。

周圍沒有人，而且有一棵茂密的樹作遮擋，阮瀠從空間中拿出一把小鏟子——正是為松音種水果、蔬菜用的。

挖了一會兒，果然挖出一些東西。

「這……好像是……」阮瀠一時之間想不起這東西的名字。

「這是瞿蝨，原本無毒無味，但是與月季花相中和……」松音提醒道。

阮瀠已經知曉，這東西埋在這裡，母親院子裡又種了如此多月季花，兩相中和就能形成對胎兒不好的毒。因為用量不多，又距離臥房甚遠，所以不是馬上能看到效果，這麼算下來，估計要生產的時候才能看出效果。

阮清的心思真的狠毒，這種方法也是罕見，也不知道她是怎麼知曉這種手段。

若不是今兒見到她下意識一瞥，估計阮瀠也不會找到院外這個位置，那麼母親和弟弟豈不危險了？想到這裡她就惱恨不已。

「咱們再找一找，看看還有沒有這種害人的東西。」阮瀠鎮定心神，一定要查明這附近還有沒有什麼不妥。

最重要的是埋東西的人，不會是阮清自己動的手，看樣子祖母新撥過來的丫鬟們是有些問題。

找了一圈，只找到這一包東西，阮瀠將東西送入空間，裝作若無其事地回了青鸞院，她還要好好觀察一下，並調查到底是哪個人有問題。

她沒有想將這件事情捅出去，畢竟沒憑沒據的，憑著自己那個渣爹護著蘭姨娘母女的樣子，也無非是禁足罷了，反而惹祖父母動怒，還不如她悄悄探查出來，自己再好好找她們算帳！

這邊阮清並不知曉因為一個不經意的眼神，自己精細的安排就這樣暴露了。

要說這個法子，還是她不經意聽奴僕閒話時聽到的，其中一人是鄉下出身，見過這種事情發生，拿出來當新奇的事情說嘴，誰知道會被阮清聽到並學以致用呢！

她費了一些功夫買通小丫鬟埋東西，地點又不起眼，還沒有風險。等到林氏生出死胎的時候，她早就已經在武陵伯府待上半年，任誰也沒有辦法查到自己身上。

只不過今日去請安，阮清想到小丫鬟描述的具體位置，不經意就好奇地看了一眼，誰又能想到就是這麼巧被阮瀠捕捉到了呢？

此時蘭姨娘、阮清抱作一團哭泣，阮謙坐在旁邊溫聲安慰著逕自傷心的母女。

「我苦命的女兒，姨娘怎麼也沒想到會是我兒承擔了這一切……」蘭姨娘雖然已經認了，看到阮清的時候還是意難平。

「姨娘莫說了，這都是咱們技不如人，讓阮瀠這個賤人鑽了空子！」阮清恨恨地說。

「妳怎麼能確定就是她做的？」蘭姨娘疑惑，阮瀠也是她看著長大的，也不像是這麼有手段的樣子。

「哼，女兒出閣那天，她親口承認了。」阮清原也不願意相信，一個人的改變也太大了些。

「看樣子，在我們不知道的時候，三妹妹發生了重大的轉變呢！事已至此，也沒有必要再深究緣由，今後怎麼做才是最重要的。」阮謙在一邊分析著。

「清兒，那武陵伯世子對妳怎麼樣？武陵伯府眾人又怎麼樣，有沒有為難妳？」這才是蘭姨娘最擔心的事情。

要知道她們當初找到謝家，也就是看謝詹表面翩翩公子，實際上是個下流胚子，謝家人也頗為難纏，她們才選這樣的人家合作，現在自己女兒入了這樣的人家，她簡直要嘔死了。

「姨娘莫要擔心，女兒已經處理好了。謝詹待我還算是不錯，謝家人暫時也沒有心情找我麻煩，七皇子那邊剛剛退了婚，謝家正在因為這件事惱火，沒有為難女兒。」

阮清自然而然想起入府那晚，謝詹對自己的誤會和辱罵，不過她將阮瀠的事情都說了，他也相信是阮瀠使手段暗害了他們，就沒有再找她麻煩。

不過謝詹骨子裡真是個下流胚子，在他們兩個新婚的夜裡，竟然叫丫鬟進來服侍。阮清頓覺屈辱，不過她能屈能伸，即便是再噁心那事，她也必須討好謝詹，畢竟他將是自己以後的依靠。

果然，見她如此開明，謝詹在阮清這裡找到趣味，所以這兩日還是頗為寵愛她。

「那就好，妳以後可要記住，抓住男人的心理才能立於不敗之地，妳要先了解他，然後投其所好……」蘭姨娘苦口婆心地教導著阮清，既然已經入了謝府，就要將自己的日子過下去。

接著母子三人商量了一下後續要處理的事情。

阮清並沒有說出對林氏出手的事情，她一個外嫁的女兒根本不怕調查，姨娘和哥哥還要在英國公府生存，還是莫要知曉的好。

中午，阮謙帶著阮清一起去前院用午膳，飯桌上沒有人再提及蘭姨娘和曾經的事，只是阮清偶爾看向阮瀠的眼神讓人不舒服。

阮瀠還在想到底母親那裡是誰有問題，所以看著阮清那樣子也不痛快起來。

既然這個惡毒的女子想要加害自家母親，她就讓她嚐嚐不能做一個母親的滋味！

阮瀠讓松音悄悄準備藥粉，下一瞬間將藥粉送到阮清即將入口的湯水中，看著她無知無覺地嚥下，餐桌上的眾人並沒有察覺一絲異樣。

她倒要看看，一個生不出孩子的妾室，將要如何在謝家立足！

——未完，待續，請看文創風1057《換個夫君就好命》下

以指為筆，落紙成符／昭華

2022年4月出版

斜槓神醫

靠著替人看事、解厄的本領，她賺了不少銀錢，
雖說她是天命之人，沒有五弊三缺這回事，
但她為人治病仍是僅收取微薄診金，就當是行善了，
然而她心善歸心善，卻也不是啥窮凶極惡之人都幫的，
畢竟，她可是能開天眼的人，想騙她不容易啊！

文創風 1051 1

沈糯是全村最美的姑娘，剛滿十四就被婆婆催著嫁進他們崔家，
丈夫是村中文采最出眾、容貌最俊俏的，亦是她的青梅竹馬，
但崔家生活貧困，且家裡的活兒全是她一肩挑，還有個小姑子愛刁難她，
可她總想著，天下間成了婚的女子大抵都是這樣的吧？
不料一年後丈夫高中狀元，卻帶了個閣老的孫女回家，
夫君說，貴女對他有恩，而他也愛上如此善良美好的女子，望她成全，
成全？呵，原來她竟成了阻礙有情人的那一方嗎？那又有誰來成全她呢？

文創風 1052 2

在婆婆姚氏好說歹說地勸哄下，沈糯答應讓夫君娶了那貴女為平妻，
往後數年，她不僅看著夫君平步青雲，也被迫看著他們二人夫妻恩愛，
不到三十歲，她便因病香消玉殞，結束這悲苦的一生，死後魂魄仍在夫家逗留，
沒想到，她竟看見婆婆、夫君及貴女三人將她的屍骨砸碎，埋在崔家祖墳，
並且，她還親耳聽見姚氏承認是她們婆媳二人毒死她的，她並非病亡！
從頭到尾，那姚氏看上的就是她的天命命格，貪的更是她極旺夫家的一身骨血，
因天命之人哪怕什麼都不做也能為身邊人帶來福氣，甚至能影響朝代的存亡！

文創風 1053 3

沒想到在仙虛界修煉了五百年，沈糯還有再回來的時候，看來是上天垂憐，
思及這三人當初是怎麼害死她的，她簡直恨不得啃其骨，又怎會如他們所願？
她不再是從前那個傻姑娘了，決定先使計和離，報仇的事得慢慢來才行。
由於她在仙虛界時是知名的醫修，又是天命之人，自是擁有一身非凡本事，
所謂的起死人，肉白骨，不謙虛地說，但凡還剩一口氣在，她都能救活，
除此之外，她還有著絕佳廚藝，玄門道法的能力更是世間無人能及，
憑藉這些高超本領，重活一世，她定能好好守護家人，保他們一生安康……

文創風 1054 4

沈糯煮的佳餚能飄香數條街，眼下不就引來個破相又斷腿的小乞丐上門偷吃嗎？
留下小男孩療傷的期間，她瞧出喪失記憶的他竟是甫登基一年的小皇帝，
她推測小皇帝恐是偷偷離宮想來邊關這兒尋找親舅攝政王，途中卻出了意外。
攝政王裴敍北，大涼朝赫赫有名的戰神，讓敵軍聞風喪膽、朝臣忌憚的狠戾人，
先帝手足眾多，哪個對皇位不虎視眈眈？偏偏礙於攝政王，沒人敢動小皇帝，
因為他曾在朝堂上斬殺過貪官，離京前更放話若小皇帝出事定要所有親王陪葬！
如今小皇帝失蹤了可不就是頂天的大事？宮裡頭怕是沒人能睡得安穩了吧？

文創風 1055 5 完

沈糯從邊關的小仙婆成了京中有名的神醫、仙師，而攝政王也回京了，
但兩人的關係還不能對外公開，親事也得再緩一緩，這全是因為太皇太后，
極厭惡玄門中人的太皇太后一心希望親兒登基，在宮中扶植了一派人馬，
他有兵權，自己有神秘莫測的本事，兩人若成親，還不得讓太皇太后忌憚死？
因此得先讓他把朝堂上該清的都清一清才行，看來，這京城的天怕是要變了，
至於她也有事要忙，據說數十年前禍國殃民的美豔國師死後並未魂飛魄散，
她懷疑前婆婆與國師的一抹魂識有關，若真是……那便新仇舊恨一併算一算吧！

為流浪貓狗加油 和貓寶貝 狗寶貝

廝守終生(一定要終生喔！)的幸福機會

對人來說，貓寶貝狗寶貝只是生活的一部分，但妳(你)對牠們來說，卻是生活的全部，領養前請一定要考慮清楚——

▲ 誓要成為家中之寶的 小熊

性　　別：男生
品　　種：米克斯
年　　紀：約2歲
個　　性：活潑樂天、愛撒嬌
健康狀況：已結紮，已完成狂犬病、四合一疫苗施打，有定期服用心絲蟲、一錠除，曾因肝衰竭而住院，目前已完全康復且無後遺症
目前住所：桃園市中壢區（中原大學）

本期資料來源：中原。動物服務社 https://www.facebook.com/cycucatdog

『小熊』的故事：

去年九月中旬，遇到了尾巴被剪斷的小熊，身上滿是被虐打的痕跡，但是當牠看到我們的第一眼，竟然是開心地走到我們面前，乖乖地被套著牽繩去醫院。傷勢復原後，因為不忍讓牠再流落街頭，便將牠留在學校的中途。

小熊雖然不親狗，但為了一天中能和我們多相處一小時，卻願意和狗狗們共處。平時會乖巧地趴在我們身旁，就算被抱起來也喜歡倚靠在人們身上，享受大家的關愛。在日常的陪伴和訓練下，從一進籠子就開始大叫、焦慮地來回踱步，到現在只有在你看著牠時，會小小聲地嗚咽，希望你能陪牠度過籠子內難熬的時刻。

然而聰明的小熊也不免搞些小破壞，像是翻垃圾桶、扒飼料，甚至會跳到其他狗狗都上不去的平臺上搶早餐，常常讓我們又氣又好笑，說他真是個名副其實的「熊孩子」。的確，因為發情期而被丟棄的牠，也只是個想要有人陪伴、渴望被愛的「孩子」。由於我們是屬於社團性質，沒辦法給牠一個家，更不想看到當初選擇我們的牠，被困在校園中面對一次又一次的分離。

如果您有足夠的耐心陪牠一起成長，給牠滿滿的愛，請不要吝嗇說出您的意願，搜尋中原動物服務社FB或IG，抑或是拿起手機找張先生 0909515373或沈小姐 0987105390，抱起單純可愛的小熊回家吧！

認養資格：

1. 認養人須年滿20歲，否則須經法定代理人同意，出示同意書並留下法定代理人之聯絡資訊。
2. 小熊親人但排斥外狗，若家中已有其他毛小孩，請審慎評估後再決定領養。
3. 被關籠後可能會因不安而吠叫，必須事先確定好環境，能讓小熊適應家庭生活。
4. 在進入校園前，小熊可能因撞擊而傷害到肝臟，飲食上須斟酌。
5. 雖然小熊看起來憨憨的，但有護食行為，在玩玩具和用餐時須特別注意。
6. 領養前須拍攝家裡環境以供社團評估，觀察欲認養人與狗狗的互動狀況，並簽署領養協議書，對待小熊不離不棄。

來信請說明：

a. 個人基本資料：姓名、性別、年齡、家庭狀況、職業與經濟來源等。
b. 想認養小熊的理由。
c. 過去養寵物的經驗，及簡介一下您的飼養環境。
d. 若未來有結婚、懷孕、出國或搬家等計劃，將如何安置小熊？

文創風
1056

換個夫君就好命 上

國家圖書館出版品預行編目資料

換個夫君就好命 / 若凌著. --
初版. -- 臺北市 : 狗屋出版社有限公司, 2022.04
冊 ; 公分. --(文創風 ; 1056-1057)
ISBN 978-986-509-314-3(上冊 : 平裝). --

857.7　　　111003269

著作者	若凌
編輯	黃鈺菁
校對	陳依伶
發行所	狗屋出版社有限公司
地址	台北市104中山區龍江路71巷15號1樓
電話	02-2776-5889～0
發行字號	局版台業字845號
法律顧問	蕭雄淋律師
總經銷	知遠文化事業有限公司
電話	02-2664-8800
初版	2022年4月
國際書碼	ISBN-13　978-986-509-314-3

本著作物由北京晉江原創網絡科技有限公司授權出版

定價260元
狗屋劃撥帳號：19001626
網址：love.doghouse.com.tw　E-mail：love@doghouse.com.tw